PASSION

LE REPAIRE
DU CORSAIRE

Série PASSION

Dans la même collection

PATT BUCHEISTER

LE REPAIRE DU CORSAIRE

PRESSES DE LA CITÉ
PARIS

Titre original :
THE ROGUE

Première édition publiée par Bantam Books, Inc., New York, dans la collection Loveswept ®. Loveswept est une marque déposée de Bantam Books, Inc.

Traduction française de Paule Ithé

© 1990 by Patt Bucheister
© 1991, Presses de la Cité, pour la traduction française
ISBN : 2-285-00594-6

1

– Est-ce un coup de téléphone obscène?
demanda la femme avec une certaine curiosité.

– Non, répliqua Paul Rouchet, étonné par cette
question inattendue.

– Dommage. Ce n'est pas mon jour,
aujourd'hui!

– Vous avez l'air déçu, remarqua-t-il en réprimant son envie de rire.

– Cela aurait donné de l'intérêt à cette matinée.

Le téléphone au creux de l'épaule, il se cala
contre son dossier. Cette conversation ne se
déroulait pas comme il l'avait imaginée, mais
c'était un agréable changement par rapport aux
précédentes des deux heures écoulées.

– Je peux y remédier, si vous y tenez.

Il y eut une pause, comme si elle considérait
sérieusement cette suggestion. Enfin, elle prit un
ton pensif.

– Merci, mais ce ne serait pas la même chose.

– Ce ne serait pas difficile, reprit-il en posant
les pieds sur le bureau. Vous avez une belle voix
chaude. Il ne me faudrait pas beaucoup d'imagi-

nation pour vous faire des propositions émoustil-
lantes.

— Eh bien, merci. Je crois que je peux vous
retourner le compliment, fit-elle d'une voix amusée. Votre voix est comme un whisky tiède par
une nuit froide.

Un sourire lui échappa, ce qui ne lui était pas
arrivé depuis sept jours. Cette conversation était
ridicule mais bizarrement réconfortante.

— Merci, murmura-t-il.

Son rire lui parvint, un son rauque qui le fit
vibrer comme du courant électrique. Sa réaction
vis-à-vis d'une voix le surprit. Peut-être Tulip
avait-elle raison de lui dire de ne pas boire autant
de café et de dormir plus. Cela lui aurait évité de
fantasmer sur la voix d'une femme inconnue.

Quelle idée aussi de perdre son temps à discuter avec elle. Elle lui avait répondu qu'elle
n'était pas la personne à qui il désirait parler. Il
aurait dû s'excuser de la déranger et raccrocher
pour composer le numéro suivant de l'agenda de
son comptable. C'était peut-être une femme de
quatre-vingts ans, à la voix rauque et à l'humour
développé. Ou une femme mariée avec six enfants
et un autre en route. Ou une belle blonde aux
grands yeux verts.

Il ne raccrocha pas.

— Je suis désolé que ce soit une mauvaise journée.

— Je n'ai pas dit que c'était une mauvaise journée.

— Madame, quand on espère un coup de téléphone obscène pour égayer sa matinée, c'est que ce n'est pas un jour à marquer d'une pierre blanche.

Un soupir à fendre l'âme retentit à l'autre bout de la ligne.

— Pas de pierre blanche depuis un bon moment. Enfin, peu importe! Je n'ai pas envie d'en parler.

Un sentiment de compassion l'envahit. Pour lui non plus, les jours précédents n'avaient pas été particulièrement joyeux.

— Par simple curiosité, qu'est-ce qui vous a fait croire à un appel obscène?

— L'envie que cela en soit un, pour changer des vendeurs par téléphone et des faux numéros.

Un autre silence.

— Depuis combien de temps avez-vous ce numéro?

— Un an, environ.

Cela anéantissait la théorie comme quoi la femme nommée Pinky avait récemment déménagé. Il fit une dernière tentative.

— Et vous n'avez jamais entendu parler d'une femme du nom de Pinky Claryon ou de l'un de ses amis, Dan Nichols?

Le silence de son interlocutrice en disait plus que des mots. C'était étrange de sentir sa réaction sans voir son visage et sans l'avoir jamais rencontrée.

— Quel nom vous a frappée? insista-t-il. Pinky ou Dan Nichols?

De nouveau, elle resta silencieuse. Pour

9

quelqu'un d'aussi bavard la minute d'avant, elle était soudain devenue timide.

— Écoutez, mon petit, je...

— Marjory.

— Quoi?

— Je m'appelle Marjory, s'irrita-t-elle. Pas mon petit, ni madame. C'est facile à dire. Mar-jo-ry.

Son ton sévère l'amusa.

— Marjory comment?

Une nouvelle pause, puis elle murmura :

— Claryon.

A cet instant, la porte de son bureau s'ouvrit doucement et une femme à cheveux gris passa la tête comme pour vérifier qu'aucun lion ne s'y trouvait en liberté. La paume de Paul s'abattit sur la table; la tête disparut et la porte se referma vivement.

— A quoi jouez-vous? explosa-t-il. Je ne suis pas d'humeur à plaisanter, Marjory ou Pinky ou je ne sais qui.

Il prit une profonde inspiration. Perdre son calme ne lui avait servi à rien la semaine passée.

— Marjory, souffla-t-il calmement, j'essaie de retrouver Dan Nichols. Votre numéro de téléphone figure dans son agenda en regard du nom Pinky Claryon. Si vous pouvez m'expliquer pourquoi, cela me ferait bien plaisir.

Le silence régnait au bout du fil. Paul sentit qu'il allait perdre son sang-froid. Alors qu'il allait répéter sa question, elle parla enfin.

— Un homme du nom de Dan Nichols est sorti avec ma sœur au cours d'un séjour qu'elle a fait ici ce mois-ci. De temps en temps, il appelait Laura pour lui donner rendez-vous, c'est pourquoi il a mon numéro de téléphone. Il est venu la chercher ici une seule fois. Sinon, ils se retrouvaient chez elle ou ailleurs. Il ne l'a jamais appelée Pinky devant moi, aussi je ne sais pas si c'est elle que vous cherchez.

Paul sentit sa tension décroître. Quelle bêtise de se sentir soulagé que Marjory Claryon n'eût rien à voir avec son comptable malhonnête. Il ne la connaissait même pas. Hébété, il secoua la tête. Cette histoire avec son comptable –son ex-comptable – le rendait fou.

Saisissant un crayon, il commença à griffonner sur un bloc.

– Où puis-je trouver votre sœur?

– Croyez-moi, répliqua-t-elle d'un ton coléreux, si je le savais, je lui ferais sa fête.

C'était exactement ce qu'il ressentait vis-à-vis de Nichols si jamais il le retrouvait.

– Désolée, poursuivit-elle, mais je ne peux pas vous aider. Je n'ai ni vu ma sœur ni entendu parler d'elle depuis qu'elle a disparu, il y a une semaine. Vu qu'elle est partie avec quelque chose qui m'appartenait, je ne pense pas avoir de nouvelles avant longtemps.

Un son étouffé parvint à l'oreille de Paul.

– Quelqu'un est à la porte, acheva-t-elle vivement. Comme il me faut une heure ou presque pour y aller, je vous laisse. J'espère que vous retrouverez Nichols.

Un déclic lui apprit qu'elle venait de raccrocher. Frustré, il se demanda ce qu'elle avait voulu dire. Vivait-elle dans une grande maison ou marchait-elle si lentement qu'il lui faille une heure pour aller à la porte?

Tout en raccrochant, il regarda le bloc devant lui. Il y avait inscrit plusieurs fois le nom de Marjory. Agacé, il arracha la page pour la froisser.

De nouveau, la porte s'ouvrit. Tulip passa la tête.

– Entrez, Tulip, fit-il en jetant la boule de papier dans la corbeille. Je promets de ne pas vous mordre.

Une femme de petite taille entra. Le nom inscrit sur son chéquier était Gertrude Philippa Minor, mais tout le monde l'appelait Tulip. Personne ne savait pourquoi; elle se présentait toujours comme cela. Sa petite stature et son expression douce et sereine étaient trompeuses. Bien qu'elle mesurât à peine un mètre cinquante pour quarante-cinq kilos, elle pouvait dompter d'un seul regard, ou si nécessaire d'une parole cinglante, un homme d'un mètre quatre-vingts et de quatre-vingt-dix kilos.

Tulip s'occupait d'embaucher, de licencier et de former les serveuses et les barmen du *Repaire du corsaire* avec une adresse inégalée. Elle était aussi la mère à demeure de cette célèbre discothèque d'Alexandrie, en Virginie, donnant sans gêne son avis, qu'il fût désiré ou non. Toujours vêtue d'une robe grise ou lavande à col de dentelle, on eût dit un personnage d'*Arsenic et vieilles dentelles*.

12

S'asseyant sur une chaise en face de lui, elle fit claquer sa langue à la vue de sa chemise froissée, sa barbe de deux jours et ses yeux injectés de sang.

– Je crois que ce n'est pas la peine de demander comment vous allez.

Paul secoua la tête.

– Je n'ai qu'un vague fil conducteur, plus mince qu'une pelure d'oignon. Toutes les autres femmes auxquelles j'ai parlé n'ont pas vu Nichols depuis des mois et n'ont aucune envie de le revoir. Sauf la dernière.

D'un mouvement du menton, il désigna le téléphone.

– Je viens juste de discuter avec la sœur de son dernier flirt. Cette femme, Marjory Claryon, m'a dit que Nichols avait téléphoné plusieurs fois à son appartement quand sa sœur y était.

– Comment cela pourrait-il être un fil conducteur ? demanda Tulip, sourcils froncés.

– Marjory semble un peu en rogne contre sa sœur. J'ai l'impression qu'elle lui a volé quelque chose avant de partir pour un lieu inconnu. Elle ne l'a pas revue depuis une semaine. Ça vous rappelle quelque chose ?

– Vous croyez que cette femme est avec Nichols ?

– Possible, fit-il en haussant les épaules. Je vais suivre cette piste.

– Corsaire, il a fallu à Nichols plus d'une semaine pour détourner l'argent. Ce ne sera pas facile de le retrouver et de récupérer ce qui vous appartient. Vous l'avez engagé en raison de son brillant esprit analytique, vous savez!

— Nichols ne s'en tirera pas, Tulip, rétorqua-t-il en se relevant pour faire les cent pas. De toute façon, je le retrouverai. Peu importe le temps que cela me prendra. Je suis fatigué de ces gens qui prennent mon argent sans rien faire pour le gagner. C'est la troisième fois que cela arrive, et c'est trois fois de trop.

Comme dans un match de tennis, la tête de Tulip tournait d'un côté puis de l'autre pour suivre ses mouvements.

— Là, c'est différent. Nichols s'est servi, tandis que les deux autres fois, vous avez donné à vos ex-femmes de grosses sommes d'argent pour vous débarrasser d'elles.

Le soleil de cette fin d'août se reflétait sur les vitres des immeubles d'en face et Paul s'arrêta devant la fenêtre pour regarder. Fermant à demi les paupières pour se protéger des éclats de lumière, il se rendit compte qu'il n'avait pas mis les pieds dehors depuis trois jours.

Sa discothèque était située au rez-de-chaussée de l'hôtel *Lantis*, mais il préférait que son bureau en soit séparé. Aussi avait-il fait aménager en appartement cinq pièces du douzième étage. Au niveau de la discothèque, Tulip partageait un bureau avec le sous-directeur et le comptable, mais tout le monde savait qui était responsable : Tulip.

L'achat de l'hôtel, quelques mois plus tôt, avait entamé une grosse partie du capital de Paul et l'escroquerie de son comptable l'avait encore plus enfoncé.

— Je le retrouverai, marmonna-t-il.

— Entre-temps, fit Tulip avec sa brusquerie habituelle, vous dirigez une discothèque où vous devriez vous montrer au moins une fois de temps en temps. Vous ne pouvez pas vous permettre d'indisposer la clientèle, ce n'est pas le moment de la perdre, Corsaire.

Comme elle se levait pour ouvrir la porte, le sous-directeur entra avec plusieurs smokings. Paul remarqua l'expression méfiante de Baxter. Depuis une semaine, le personnel ressemblait à une foule qui attend l'explosion du feu d'artifice avec l'espoir qu'aucune des fusées n'est pointée dans sa direction. Comment leur en vouloir? Il n'avait pas vraiment fait preuve de douceur depuis la disparition de son comptable. Avant le vol non plus, d'ailleurs.

Au moins il avait une piste maintenant. Une femme du nom de Marjory.

Un peu après huit heures du soir, Paul revint à son appartement et entra directement dans son bureau. Le fauteuil en cuir protesta légèrement lorsqu'il s'y assit. Après avoir desserré sa cravate et détaché plusieurs boutons de sa chemise blanche, il appuya la tête contre le dossier, et ferma les yeux pour s'imprégner de silence. D'habitude, il se réjouissait de l'énergie et de la vitalité de son club, mais pas ce soir.

Après avoir assisté au premier spectacle du nouveau chanteur, il avait serré quelques mains et avait reçu un regard noir de Tulip lorsqu'il lui avait annoncé son désir de remonter chez lui. Pour un mercredi, la boîte de nuit était inhabituellement bondée, mais il aurait préféré une soirée plus calme. C'était une attitude bizarre pour le patron d'une affaire qui ne dépendait que du bon vouloir des clients, cependant les tensions de la semaine écoulée le travaillaient. Quelques minutes de paix et de tranquillité étaient les bienvenues.

Pourtant, il saisit le téléphone et composa le numéro qu'il avait appelé précédemment.

Deux sonneries retentirent avant qu'elle ne réponde.

– Allô?

– Bonsoir, Marjory.

Elle resta silencieuse quelques secondes.

– Ah, bonsoir, s'exclama-t-elle enfin. Désolée de vous décevoir, mais Pinky n'est toujours pas là.

Le seul son de sa voix répandit en lui le même sentiment de contentement.

– Je n'appelais pas pour parler à votre sœur. Je voulais vous parler.

– Pourquoi?

– Discuter avec vous ce matin, sourit-il, a été la seule chose agréable de toute la journée. J'ai décidé que je voulais vous entendre encore.

– Oh, fit-elle, faute de trouver une réponse appropriée.

– Il va falloir faire mieux que ça. Au cas où vous ne le sauriez pas, il faut parler, quand on est au téléphone. Les mimiques et les gestes sont inutiles.

– J'étais surprise, c'est tout. Je ne m'attendais pas à vous entendre de nouveau.

Cela les mettait à égalité. Lui-même était surpris de l'avoir appelée.

– La journée s'est-elle arrangée?

– Elle n'a pas été pire. Et la vôtre?

– Je n'en suis même pas à la moitié. Qu'est-ce que c'est? s'interrompit-il en entendant un étrange tintement.

– Ma guitare, dit-elle d'une voix amusée. En l'ôtant de mes genoux, j'ai effleuré les cordes.

– Êtes-vous bonne musicienne?

– Je suis très bonne pour effleurer les cordes. Mais dès que j'essaie de jouer des accords, les difficultés commencent, s'esclaffa-t-elle.

Il secoua la tête, se demandant pourquoi il souriait.

– Vous avez l'habitude de jouer de la guitare à huit heures du soir?

– La méthode me dit où placer mes doigts pour créer différents accords, mais ne fait pas allusion à l'heure à laquelle je dois m'exercer.

Ses commentaires mordants faisaient partie des choses qui lui plaisaient. Par ailleurs, il ne savait pas résister à une énigme et sa réaction inattendue envers cette femme en était une qu'il voulait résoudre.

Soudain, un bruit fracassant retentit dans le lointain, puis Marjory cria d'un ton alarmé:

– Ivan, non! Va-t-en! N'approche pas!

Puis un bruit sourd et étouffé, comme si quelqu'un ou quelque chose tombait, fut suivi d'un cri de douleur. Vainement, il hurla son nom dans le téléphone. Divers sons bizarres de bagarre lui parvinrent, aggravant son inquiétude. Une vibration métallique lui apprit que son téléphone avait dû tomber. La ligne fut coupée.

Raccrochant avec force, Paul chercha vivement son adresse sur l'agenda.

L'ascenseur descendit au rez-de-chaussée avec une lenteur douloureuse. Après avoir averti Tulip qu'il sortait, il passa par la porte arrière de l'hôtel pour prendre sa voiture.

Ce quartier d'Alexandrie où vivait Marjory ne lui était pas familier et il passa trente minutes à la chercher. C'était une maison assez ancienne à deux étages, en retrait de la route. Une note sur l'agenda indiquait qu'elle habitait l'appartement du deuxième. Aucune lumière extérieure ne pouvait l'aider à voir où il allait et il jura silencieusement en butant contre un buisson qui bloquait partiellement l'allée.

En tournant le coin de la maison, il vit un escalier en bois qui s'élevait le long de la bâtisse. Bien qu'il ne fût séparé du vide que par une mince rampe, il grimpa les marches quatre à quatre. Tout en criant le prénom de Marjory, il tambourina à la porte. Sans réponse, il recula aussi loin que le permettait le petit palier et leva la jambe pour taper dans le panneau..

Son épaule acheva le travail et il entra en courant dans l'appartement pour s'arrêter aussitôt devant un énorme labrador noir qui lui barrait le chemin. Le chien ne grondait pas et ne montrait pas ses crocs, mais sa masse formidable était suffisante pour dissuader Paul d'aller plus avant.

— Je ne savais pas que les cambrioleurs s'habillaient aussi bien.

Au son de cette voix familière, il arracha son regard de l'animal pour le plonger dans les yeux verts les plus brillants qu'il eût jamais vus.

— Vous ferez une maigre recette, ici, poursuivit-elle d'une voix étonnamment calme. J'ai exactement six dollars dans mon porte-monnaie et une carte de crédit périmée.

Le soulagement l'envahit en la voyant assise sur une chaise, à trois mètres de lui, apparemment saine et sauve. Sauf sa jambe droite, qui était soutenue par un tabouret et enfermée des doigts de pied au genou dans un plâtre blanc. Vu qu'une demi-heure seulement s'était écoulée depuis qu'il l'avait eue au téléphone, de toute évidence, sa blessure n'était pas récente.

Admiratif, il étudia les courts cheveux bruns ondulés qui encadraient son visage séduisant. Elle était vêtue simplement d'un chemisier blanc et d'une jupe en jean. Tout en laissant son regard glisser sur elle, il constata qu'elle n'était pas aussi calme qu'il l'avait d'abord pensé. Sa main droite était serrée autour d'une béquille posée par terre à côté d'elle. Elle était prête à se défendre.

En l'observant mieux, il lut de la peur dans ses yeux, bien qu'elle essayât de le cacher.

Marjory songea soudain qu'elle devait faire quelque chose : crier au secours ou appeler la police. Mais bien que l'homme se fût introduit par effraction dans son appartement, elle ne pensait pas qu'il fût là pour voler. Elle l'avait distinctement entendu l'appeler par son prénom avant de forcer la porte, ce qui n'était pas l'habitude des cambrioleurs. Et puis son regard direct montrait qu'il ne lui voulait pas de mal.

De toute façon, si elle se trompait, que pourrait-elle faire ? Son plâtre l'empêchait de fuir. Quant à son chien, bien qu'il fût gros et intimidant, son aboiement était pire que ses morsures. Mais cela, l'intrus ne le savait pas.

Intrus ou non, jamais elle n'avait reçu d'homme aussi viril chez elle. En réalité, elle n'en avait jamais rencontré nulle part.

Ses traits pouvaient être qualifiés de séduisants, selon le style classique hollywoodien. Son long nez sculpté avait dû recevoir un coup de poing ou deux par le passé, et il avait une petite cicatrice au-dessus du sourcil, ce qui ne faisait qu'ajouter à son charme. Ses yeux couleur chocolat semblaient inquiets, et ses cheveux du même ton chaud étaient épais et soignés. Il était grand, mince et musclé.

Après un regard vers le chien, il avança prudemment.

— Tout va bien, Marjory ?

— Comment savez-vous qui je suis ?

— Votre voix.

— Vous êtes celui qui voulait parler à Pinky ? fit-elle, les yeux écarquillés de surprise. Comment savez-vous où j'habite.

– Votre adresse était sur l'agenda de Dan Nichols. Il est très organisé, même dans sa vie privée. Que s'est-il passé pendant notre conversation téléphonique, poursuivit-il. Ivan vous a-t-il fait du mal?

– Non. Pourquoi m'aurait-il fait du mal?

– Je vous ai entendue lui crier de ne pas s'approcher. Puis j'ai perçu un bruit comme si vous étiez tombée. Puisque je ne vois pas d'homme ici, j'en déduis que vous avez réussi à vous en débarrasser.

– Il était mouillé.

– Quoi? s'exclama-t-il, l'air abasourdi.

– Ivan est mon chien. Lorsqu'il est rentré de promenade, il était tout mouillé. Il a sauté sur moi et je suis tombée en essayant de le repousser. Comme vous pouvez le constater, fit-elle avec un geste vers son plâtre, j'ai un léger problème pour me mouvoir rapidement ou gracieusement.

Les yeux de Paul ne quittèrent pas son visage.

– Je croyais que vous étiez en danger. Je n'ai pas imaginé qu'Ivan pouvait être un chien.

– En fait, il s'appelle Ivanhoë.

Pliant ses longues jambes, il s'accroupit à côté du tabouret et posa la main sur sa jambe, juste au-dessus du plâtre, comme s'il en avait le droit.

– Que s'est-il passé?

La sensation inconnue qui l'envahit lui fit froncer les sourcils. Sa chair devint sensible sous la brûlure de sa peau. Curieusement, on eût dit qu'il trouvait naturel de la toucher. Elle avait dû tomber sur la tête!

Elle s'obligea à revenir à sa question.

– J'ai mis le pied dans un trou il y a quatre semaines et me suis cassé la cheville en deux endroits.

Avec un regard furieux sur son plâtre, elle poursuivit :

– Ce charmant ajout à ma garde-robe m'empêche non seulement de conduire, de porter mon jean préféré et de promener mon chien, mais présente aussi un inconvénient majeur pour monter et descendre l'escalier.

Pour la première fois depuis son irruption dans la pièce, il sourit :

– Voilà pourquoi un coup de téléphone obscène aurait égayé votre journée.

– Exactement. Ne croyez-vous pas qu'il serait temps de vous présenter ?

– Paul Rouchet, déclara-t-il. Vous pourriez utiliser de meilleures serrures, ajouta-t-il après un coup d'œil sur la chaîne qui pendait.

– Elles étaient parfaites, avant ce soir.

– Vous semblez prendre tout cela très bien.

– Quoi donc ? Le fait qu'un inconnu en smoking s'introduise chez moi en brisant la serrure ? Ou le fait que vous ayez votre main sur ma jambe ?

– La plupart des femmes hurleraient pour l'une ou l'autre de ces raisons.

– Je ne suis pas du genre à hurler, répliqua-t-elle en espérant qu'il allait retirer sa main. Cela ne cadrerait pas avec mon travail.

« Ce n'est pas une bonne idée de la toucher » songea Paul.

Rien que sa présence proche produisait en lui un effet bizarre. Se relevant, il lui demanda :

– Que faites-vous ?

– Je suis infirmière diplômée, spécialisée dans les urgences, répondit-elle en regrettant le contact de sa main. Croyez-moi, aux urgences, on voit toutes sortes de choses. Je ne me choque pas facilement.

« Dire que cette femme toute menue doit faire face aussi bien à des blessures par arme à feu, qu'à des drogués ou des accidents de toutes sortes ! » s'étonna-t-il en silence.

Attentivement, il scruta son visage comme pour y lire ce qui l'attirait en elle. Elle n'était pas merveilleusement belle, bien que sa peau couleur ivoire et sa bouche tendre fussent immensément attirantes. Ses courts cheveux bruns bouclés mettaient en valeur ses pommettes et ses grands yeux dépourvus de maquillage. Bien qu'elle fût assise, elle paraissait de taille moyenne.

Soudain, il se surprit à se demander comment leurs corps s'accorderaient, l'un contre l'autre.

Étonné par la puissance de son désir, il jura silencieusement.

« Je suis fou. J'ai assez à faire en ce moment. Je ne veux pas être lié à une femme. D'ailleurs, il est temps de partir. »

A cet instant, il remarqua qu'elle se frottait distraitement la jambe, comme pour soulager une douleur.

– Le chien ne vous a pas blessée en sautant sur vous ?

– Je me suis peut-être fait un bleu au genou en tombant, c'est tout.

Une douleur dans la nuque, due à la tension et au manque de sommeil, commença à se faire sentir.

– Pourrais-je avoir une tasse de café?

L'air à la fois exaspéré et amusé, elle le regarda.

– Vous deviez être au premier rang quand on a distribué le culot, monsieur Rouchet.

– J'ai seulement demandé une tasse de café, pas votre main, dit-il en souriant. Je vais même le faire si vous m'indiquez le chemin.

– Par là, fit-elle avec un geste de la main.

Après avoir ôté sa veste et relevé ses manches, il sortit de la pièce. Elle le suivit du regard avant de se tourner vers Ivan, allongé sur le sol, sa grosse tête entre les pattes.

– Tu as la bonne attitude, Ivan. Autant attendre de voir ce qui va se passer maintenant. De toute façon, nous n'avons pas le choix.

Saisissant sa guitare, elle commença à plaquer les trois accords qu'elle avait appris. Par moments lui parvenaient le bruit d'un tiroir et le tintement de la vaisselle, mais elle resta où elle était. Après tout, rester tranquille apportait moins d'ennuis que de bouger.

C'est en faisant son jogging qu'elle avait malencontreusement mis le pied dans un trou. En entendant l'os se casser, elle avait compris que les ennuis commençaient. Il lui fallait garder le plâtre une semaine encore, puis elle aurait alors une semaine de rééducation avant de pouvoir reprendre le travail. Son compte en banque n'avait jamais été particulièrement florissant avant l'accident. Depuis que sa sœur l'avait nettoyé, c'était pire! Les semaines à venir allaient être difficiles...

La seule chose positive à tirer de cet accident, c'était une meilleure compréhension du mal qu'avaient les patients à s'habituer aux béquilles.

Après cinq minutes d'attente, Marjory, dévorée de curiosité, posa sa guitare pour prendre les béquilles. Elle venait de faire quelques pas lorsque Paul apparut soudain sur le seuil. Surprise, elle plaça l'une des cannes de travers et chancela.

Vivement, il l'attrapa par le bras pour la maintenir contre lui. Puis, sans l'avertir, il la souleva dans ses bras.

– Que faites-vous? demanda-t-elle en lui passant automatiquement le bras autour du cou. J'y arrivais bien.

– Je m'en suis aperçu! ironisa-t-il en la déposant sur le divan. Je venais vous demander si vous preniez du sucre ou du lait.

– Ni l'un ni l'autre, répondit-elle alors qu'il repartait.

Une minute plus tard, il revenait avec une tasse de café dans chaque main. Après lui en avoir offert une, il s'assit à côté d'elle.

– Pourquoi me regardez-vous comme si j'avais empoisonné votre café? demanda-t-il.

– Vos réactions me surprennent. Avez-vous

l'habitude de fracturer la porte de femmes inconnues puis de leur servir du café? Quel passe-temps bizarre!

— C'est la première fois.

— Et que me vaut l'honneur de cette visite?

Avant de répondre, il avala une gorgée de café.

— J'ai une proposition à vous faire.

2

MARJORY le regarda fixement. En comparaison à sa vie terne de ces derniers temps, la soirée devenait exceptionnelle. A moins que ce ne fût une hallucination.

De sa main libre, elle se pinça le bras.

— Aïe!

— Pourquoi vous pincez-vous?

— Pour voir si ce n'est pas un rêve. Quelle est votre proposition? poursuivit-elle.

— Vous m'avez dit que votre sœur vous avait pris quelque chose et que vous ne l'aviez pas revue depuis une semaine. J'ai des raisons de croire qu'elle est avec mon comptable qui a également disparu à ce moment-là. Je vous propose de travailler ensemble pour essayer de localiser nos voleurs respectifs et récupérer nos biens.

Afin de se donner le temps de réfléchir, Marjory leva la tasse et but une gorgée.

Discrètement, elle l'observa. Avait-elle l'air aussi calme que lui? A l'hôpital, elle avait l'habitude de toucher les gens, d'être près d'eux. C'était aussi automatique que de respirer. Alors pourquoi le poids de sa hanche contre sa jambe la troublait-elle ainsi? Les battements de son cœur se précipitaient et des images sensuelles lui venaient à l'esprit. Bien qu'il n'y eût rien de provocant dans sa conduite, une onde de chaleur l'envahissait.

S'obligeant à revenir à la conversation, elle abaissa la tasse et le regarda.

– Je ne sais pas si je serai d'une grande aide. Je ne peux pas conduire, aussi n'ai-je pu que téléphoner à quelques amis de Laura. Je n'ai aucune idée de l'endroit où elle se trouve. La jeune femme qui partage son appartement m'a dit qu'elle avait réglé sa part de loyer –apparemment avec mon argent –, qu'elle avait préparé un sac et déclaré qu'elle partait en vacances. Sans préciser où!

– Si vous pouviez bouger, à quel endroit la chercheriez-vous?

Elle réfléchit un instant.

– Il y a quelques discothèques qu'elle aime fréquenter. Elle a rencontré Dan Nichols dans l'une d'elles. Un endroit appelé la *Galerie du corsaire* ou quelque chose comme ça.

– Le *Repaire*.

Si elle n'était pas experte en boîtes de nuit, lui semblait l'être.

– Vous semblez connaître l'endroit. L'y avez-vous cherché?

– C'est le dernier lieu où il irait.

La dureté de sa voix contrastait avec son léger sourire. Mordillant sa lèvre inférieure, elle se demanda pourquoi il avait l'air aussi en colère. Elle sursauta quand il tendit la main pour poser le doigt sur sa bouche.

– Ne faites pas cela.

Sous le coup de la surprise, ses yeux s'écarquillèrent et ses lèvres s'entrouvrirent. Il retira sa main mais son contact laissa une trace tiède. Comme pour la faire disparaître, elle y passa la langue. Leurs regards se rencontrèrent.

Un éclair de chaleur inattendu et chargé d'électricité sembla surgir entre eux. On eût dit que l'air crépitait.

Vidée par cette vague soudaine de chaleur, elle arracha son regard du sien.

– Que disiez-vous, à propos du *Repaire du Corsaire*? parvint-elle à dire. Pourquoi est-ce le dernier endroit où irait Nichols?

– Parce qu'il perdrait toutes ses dents s'il s'avisait d'y entrer.

– Les perdrait-il à cause de vous?

– Cela me ferait le plus grand plaisir.

– Avez-vous pris contact avec la police?

– Pas encore. C'est personnel. J'en ai discuté avec un ami détective, mais ce n'est pas officiel. Avez-vous signalé la disparition de votre sœur et le vol?

– Non. C'est aussi une affaire personnelle. C'est ma sœur, quoi qu'elle fasse. Si j'accepte de vous aider, il faudra me promettre de ne pas impliquer Laura dans des procédures légales. Elle est peut-être écervelée et égoïste, mais ce n'est pas une criminelle.

– Tout ce que je veux, c'est Nichols. Et vos parents? Votre sœur ne serait-elle pas chez eux?

– Certainement pas!

Sur le point de demander pourquoi, Paul se ravisa devant la tristesse de ses yeux.

– Peut-être chez d'autres membres de la famille ou alors chez des amis?

– J'ai appelé tous ceux auxquels je pensais. Personne ne l'a vue ni entendu parler d'elle.

Ivan les interrompit en se levant pour gratter à la porte. Marjory gémit. Le promener devenait l'une de ses préoccupations majeures. Le fils d'un voisin le sortait plusieurs fois par jour, mais, de temps en temps, ce satané chien avait envie de faire un tour le soir. Descendre l'escalier avec des béquilles était déjà difficile de jour, mais la nuit cela devenait une course d'obstacles dans le noir.

– Voulez-vous me passer mes béquilles? Ivan a besoin de sortir.

– Vous n'allez pas descendre avec le chien! Cet escalier est mortel. J'y vais. Où est sa laisse?

– Je vais le faire. C'est mon chien, rétorqua-t-elle, sautillant du divan à la chaise.

En une longue enjambée, il la rattrapa et la souleva pour l'asseoir.

- Qu'essayez-vous de faire? protesta-t-il.

Mais la décision quant à celui qui sortirait le chien leur fut enlevée. Paul n'avait pas fermé complètement la porte et Ivan fourra le museau dans l'ouverture, se faufila et disparut.

Vainement, Marjory l'appela.

– Restez-là, ordonna Paul. N'essayez pas de descendre.

30

Avant d'avoir pu discuter, il était parti. S'il lui en avait laissé l'occasion, elle lui aurait rappelé que le chien ne le connaissait pas et qu'il n'avait pas la laisse.

Elle ne pouvait qu'attendre. Ce qu'elle fit.

Posant le pied sur le tabouret, elle regarda encore furieusement son plâtre, comme un ennemi. Sept longs jours, et ce ne serait plus qu'un souvenir!

Quelle ironie de constater que depuis son accident, elle disposait du temps qu'elle désirait depuis des années. Et elle détestait cela. Au début, elle avait apprécié la nouveauté de ces jours qui s'étiraient devant elle, sans travail, sans engagements. Dès la deuxième semaine, l'excitation était tombée.

Sa liste de choses à faire était épuisée. Elle avait lu tous les livres achetés ces dernières années et examiné de fond en comble chaque numéro du journal professionnel auquel elle était abonnée. Même la grasse matinée n'avait plus d'attrait. Et elle aurait tout donné pour prendre une douche sans sac en plastique autour de la jambe.

Vingt minutes s'écoulèrent avant que le bruit des pattes d'Ivan ne résonne sur les marches en bois. Langue pendante, il vint s'asseoir en bondissant près de sa chaise, la tête tournée vers la porte. Pour plus de sécurité, elle le tint par le collier.

Après un moment, d'autres pas lui parvinrent. L'entrée de Paul fut moins enthousiaste que celle du chien. L'air las, il s'appuya contre le chambranle. Son pantalon était taché de boue et ses chaussures n'étaient plus aussi bien cirées.

— J'ai une suggestion à propos de votre chien.

— Laquelle?

— Achetez quinze mètres de corde à attacher au bouton de la porte et laissez-le aller.

— Bonne idée, fit-elle en tapotant la tête du chien.

— Au moins, j'aurai fait quelque chose ce soir, soupira-t-il. J'ai rendu un chien heureux. Pourquoi avez-vous un aussi gros chien dans un appartement aussi petit?

— Il n'était pas aussi gros quand je l'ai acheté.

Devant son air réprobateur, elle ajouta :

— Avant de me casser la cheville, je l'emmenais faire de longues promenades et il prenait beaucoup d'exercice.

— Avez-vous un marteau et un tournevis?

Il lui fallut quelques secondes pour suivre le changement soudain de sujet.

— Pourquoi? Vous voulez construire une niche?

— Je vais réparer la porte. Un idiot a forcé la serrure.

— Il y a une petite boîte à outils sous l'évier.

Avec quelques vis, il fixa la chaîne de sûreté, puis il se pencha pour examiner le verrou. Marjory essaya de ne pas prêter attention à ses hanches et à ses cuisses étroitement moulées par son pantalon. Elle entendit plusieurs cliquetis, puis il se releva en tournant la tête vers elle.

— Ce verrou n'a rien.

Ses yeux s'assombrirent et il mit les poings sur les hanches.

— Il n'a jamais été cassé parce qu'il n'était pas fermé.

— Vous voulez dire qu'un inconnu aurait pu s'introduire chez moi?

Comment rester en colère devant son amusement?

— Je vous suggère de vérifier dorénavant que votre porte est bien fermée.

— Oui, monsieur.

Se moquait-elle ou non? Décidant de s'en aller avant de faire quelque chose de stupide –la toucher, par exemple – il alla ranger la boîte à outils et enfila sa veste.

— Si vous entendez parler de votre sœur, appelez-moi, dit-il en sortant de sa poche un portefeuille d'où il tira une carte de visite.

Sans la lire, elle l'accepta.

— Vous ne m'avez jamais dit pourquoi vous vouliez retrouver Dan Nichols, sauf qu'il vous a pris quelque chose.

Un instant, il hésita. Il n'était pas homme à parler facilement de ses problèmes, mais, vu les circonstances, Marjory avait le droit de savoir.

— Dan Nichols était mon comptable. Il a détourné de mon affaire une somme d'argent considérable. Et votre sœur? Pourquoi voulez-vous la retrouver?

— Comme je ne pouvais pas bouger, après mon accident, Laura est venue m'aider. Je lui ai donné une procuration sur mon compte d'épargne pour qu'elle puisse transférer de l'argent sur mon compte courant. Elle l'a vidé.

En la regardant, Paul eut l'impression que, derrière cela, il y avait plus que ce qu'elle voulait bien révéler.

– On dirait que nous avons le même problème. Si nous travaillons ensemble, peut-être les retrouverons-nous, et notre argent avec.

Marjory souhaitait retrouver Laura, mais si elle passait trop de temps avec Paul Rouchet, elle risquait de découvrir plus qu'elle n'aurait voulu. Un homme aussi séduisant ne pouvait lui apporter que des complications.

– Je vais y penser.

Paul comprit que c'était une invitation à partir. Étant donné qu'il avait brisé sa chaîne de sûreté et s'était introduit par effraction dans son appartement, il s'en sortait plutôt bien. Au moins, elle ne refusait pas sa proposition.

– Voulez-vous m'apporter mes béquilles avant de vous en aller? Je préférerais ne pas passer la nuit sur cette chaise.

Au lieu d'obtempérer, il la souleva dans ses bras. Ignorant ses cris de protestation, il suivit le couloir jusqu'à l'unique autre pièce. Les doubles rideaux étaient tirés et la seule lumière pour le guider, provenait des deux lampes du salon. Distinguant les contours du lit, il s'y dirigea.

Après avoir déposé la jeune fille sur le dessus-de-lit, il souleva la jambe plâtrée pour l'installer. La jupe en jean s'était relevée sous elle, dénudant une partie de sa cuisse. Il ne fit rien pour y remédier.

Après avoir allumé la lampe de chevet, il alla chercher les béquilles.

— Où les voulez-vous?

— Par terre, à côté du lit.

— Puis-je aller vous chercher votre chemise de nuit ou ce que vous portez, pour que vous n'ayez pas à vous relever?

— Merci, je le ferai moi-même. Malgré les apparences, je ne suis pas invalide.

Était-ce son orgueil qui parlait ou était-elle furieuse qu'il l'eût mise au lit? Il comprenait ces deux raisons. Ce qu'il ne comprenait pas, c'est pourquoi il était si difficile de la quitter.

S'asseyant sur le lit, il succomba au besoin de la toucher. Du dos du doigt, il suivit la ligne de sa mâchoire.

— Je sais que vous n'avez pas été blessée quand le chien vous a sauté dessus, mais vous avez été secouée. Ne vous fatiguez pas trop pendant quelques jours.

— J'en ai assez, de ne pas me fatiguer, lança-t-elle, irritée. Je ne fais que cela depuis un mois.

Sur une profonde inspiration, elle lui prit le poignet pour écarter sa main.

— Désolée. Ce n'est pas votre faute si je ne suis pas une bonne patiente. Je devrais vous remercier au lieu de crier.

Tournant la main, il enroula les doigts autour des siens.

— Je réagirais probablement de la même façon si je devais rester longtemps en cage contre ma volonté.

La respiration de Marjory se fit saccadée quand il porta leurs mains jointes à sa poitrine. Elle sentit les battements de son cœur s'accélérer et comprit qu'il réagissait de la même façon.

« Est-ce une hallucination? » se demanda-t-elle une nouvelle fois.

Et elle souhaita que l'hallucination l'embrasse.

Pendant un long moment, ils se regardèrent simplement. Puis Paul lui lâcha la main pour poser la sienne sur le lit, de l'autre côté de ses hanches. Lentement, comme pour donner à Marjory le temps de l'arrêter, il se pencha.

Le choc la fit vibrer lorsqu'il couvrit ses lèvres des siennes. Il n'y avait rien d'hésitant dans sa façon de lui prendre la bouche. En tant qu'infirmière, elle prit conscience des réactions de son corps à cette stimulation sexuelle. En tant que femme, elle n'avait jamais éprouvé de désir aussi fort et aussi rapide qu'avec cet homme.

Lorsqu'il pénétra dans la chaleur intime de sa bouche, elle émit un gémissement de plaisir. Ses mains vinrent se poser sur ses épaules, comme pour s'accrocher à la source de son extase. Soudain, Paul arracha ses lèvres des siennes pour se relever.

Les bras de Marjory retombèrent. Pourquoi s'était-il reculé si brutalement? S'il avait seulement ressenti la moitié du plaisir sensuel qu'elle avait éprouvé, il eût demandé plus. Son baiser dévorant l'avait brûlée jusqu'aux os, mais lui non, apparemment.

– Marjory, fit-il d'une voix un peu rauque, ce n'est pas ce que je voulais faire en venant ici ce soir, mais je ne m'excuserai pas.

36

– Je ne vous le demande pas non plus, répliqua-t-elle en se soulevant sur les coudes.

« Si seulement elle devenait folle de rage et me mettait à la porte! » songea-t-il.

Peut-être cela l'eût-il empêché de penser à quel point il souhaitait la toucher encore.

– Ce que je vous ai dit tout à l'heure est toujours valable, Marjory. Je veux que vous m'aidiez à retrouver votre sœur et Nichols.

Encore haletante du désir qui lui battait dans les veines, elle n'avait aucune envie de revenir à la conversation précédente. Mais son orgueil la poussa à traiter les dernières minutes avec autant de désinvolture que lui.

– Entendu. Je ne sais pas de quelle manière vous être utile, mais j'essaierai de vous aider.

Surpris de se sentir soulagé, il hocha la tête.

– Je vous appellerai demain. Si vous avez des problèmes à cause de votre plâtre, téléphonez-moi.

– Ce n'est pas votre faute si je me suis cassé la cheville. Vous n'avez pas à vous sentir responsable de moi.

– Si, je crois que je le suis, fit-il, les yeux assombris par une intense émotion.

Sur ces paroles obscures, il fit demi-tour et sortit de la chambre. Elle entendit le faible déclic de la porte qui se fermait sur lui. Pendant quelques secondes, elle resta sur le lit. En l'espace d'un instant, sa vie s'était trouvée bouleversée par un homme qui, le matin même, n'était encore qu'une voix au téléphone. Dire qu'elle se plaignait de trouver le temps long. Les choses avaient bien changé!

Saisissant ses béquilles, elle se leva avec son manque d'agilité habituel pour se rendre à la salle de bains. Tout en se brossant les dents, elle regarda son reflet dans le miroir.

– Que m'arrive-t-il? marmonna-t-elle.

Avant ce soir, l'attirance physique n'avait été pour elle que des mots. C'était la première fois qu'elle ressentait les sensations qui vibraient en elle.

Et l'homme responsable de ces sensations était un inconnu.

Bien sûr, il était séduisant. Mais ce n'était pas le premier homme séduisant qu'elle ait rencontré. Peut-être cet attrait venait-il de l'expression hardie de son regard? Ou de la subtile sensualité qui émanait de ses gestes? Ou peut-être s'était-elle tellement ennuyée ces dernières semaines qu'elle aurait embrassé n'importe quel homme?

Ce n'était pas cela, elle le savait. Ses réactions n'étaient pas dues à l'ennui, mais à lui, Paul Rouchet.

Plus étonnante encore que sa réaction physique, c'était son attitude émotionnelle. Elle s'était sentie incroyablement à l'aise avec lui, comme si elle le connaissait depuis des années. Instinctivement, elle lui avait fait confiance. Vu les coups qu'elle avait reçus ces dernières années des gens qu'elle aimait, une telle confiance était surprenante.

Et pourquoi l'avait-elle laissé prendre des initiatives comme la porter, faire du café, promener le chien? Elle n'avait pas l'habitude qu'on dirige sa vie à sa place. Les années passées avec ses parents avaient été suffocantes. Depuis qu'elle vivait seule, Marjory s'accrochait à son indépendance. Elle n'y renoncerait pas facilement.

Avant d'aller au lit, elle boitilla jusqu'au salon pour prendre la carte que Paul lui avait remise. S'attendant à y lire son nom, elle fut surprise d'y voir le dessin d'un corsaire et l'appellation de la célèbre discothèque. *Le Repaire du corsaire.* Maintenant, elle comprenait pourquoi il avait dit que Nichols n'y serait pas. Vu son smoking, il devait être le directeur ou le propriétaire. La carte ne fournissait pas cette information, seulement le nom, l'adresse et le téléphone.

En retournant la carte, elle vit un autre numéro sous la mention « Ligne privée du corsaire ». Elle eut l'impression que le corsaire était une personne, plutôt qu'un lieu.

« Bizarre » songea-t-elle.

De retour dans sa chambre, elle se déshabilla pour se glisser dans une chemise de nuit de satin noir.

Ivan tourna en rond avant de s'installer sur sa couverture dans un coin de la pièce. Avec un profond soupir, il mit la tête entre les pattes et s'endormit immédiatement

Marjory l'envia. Le sommeil ne venait pas facilement : elle repassait mentalement chaque parole, chaque regard, chaque effleurement, même bref. Et le baiser.

Il était plus facile de penser à la proposition qu'il lui avait faite que de revivre la myriade de sentiments que ce baiser avait éveillée en elle. Elle savait qu'il voulait son aide pour retrouver le comptable. Peut-être aurait-elle dû s'en offenser, mais ce n'était pas le cas. Elle voulait aussi retrouver sa sœur. Peut-être pouvaient-ils se servir l'un de l'autre.

Peu importait les motifs. Elle avait accepté de l'aider et elle le ferait. Enfin, elle accomplirait quelque chose de constructif au lieu de rester à ne rien faire. Cette inactivité prolongée la rendait folle. L'une des raisons qui l'avait poussée à travailler aux urgences d'un hôpital était le rythme rapide. Il y avait toujours quelque chose à faire.

Elle ne connaissait peut-être pas Paul Rouchet depuis longtemps, mais une chose était sûre : il apportait de l'animation dans sa vie.

3

LE lendemain matin, Marjory mangea une pomme avec sa seconde tasse de café, tout en regardant le tas de factures sur la table de la cuisine. Comment allait-elle les payer? Si sa sœur ne lui avait pas dérobé ses économies, elle s'en serait sortie sans trop de difficultés.

Rassemblant en une seule pile les différentes enveloppes, elle les fourra dans le tiroir de la cuisine. Qu'elle en ait envie ou non, elle allait devoir se rendre à la banque pour obtenir un prêt. Sinon, il lui faudrait vendre les quelques bijoux qu'elle possédait. Son loyer était échu dans trois jours et il fallait acheter à manger.

Si la situation entre elle et ses parents avait été différente, elle aurait pu leur demander de l'aide jusqu'à ce qu'elle reprenne le travail. Mais son père refusait de lui parler depuis qu'elle avait quitté la maison. Quant à sa mère, elle ne se serait pas dressée contre son mari.

Ouvrant un autre tiroir, elle en sortit une petite photo en noir et blanc, la seule qu'elle eût de ses parents. Son père paraissait engoncé dans son costume du dimanche et le sourire d'Alice Claryon était aussi fané que sa plus belle robe.

Devant les années et les kilomètres qui les séparaient, Marjory se sentit envahie de tristesse. Aucun d'eux n'avait approuvé son départ pour une grande ville à la fin de ses études. Ses arguments comme quoi elle gagnerait plus d'argent et acquerrait une meilleure expérience dans un grand hôpital ne les touchaient pas.

Peut-être s'était-elle montrée égoïste, mais elle était plus heureuse que si elle était restée à la ferme.

Au cours des dernières années, elle avait commis quelques erreurs. S'enticher d'Eric Thomasville avait été l'une des plus grosses. Comme son père, Eric avait des idées arrêtées – différentes des siennes – sur la façon dont elle devait vivre. Pas question de réitérer une telle bêtise.

Que cela marche ou non, elle espérait encore rentrer chez elle à Noël pour faire la paix avec ses parents. Ce désaccord lui était pénible. Elle ne les avait pas vus depuis deux ans et elle espérait qu'ils finiraient par accepter son départ et peut-être même à le comprendre.

Le départ de sa sœur pour Alexandrie n'avait pas arrangé la situation. Ses parents en tenaient Marjory responsable. Or cette décision était bien celle de Laura. Elle n'avait même pas eu connaissance de cette résolution jusqu'à l'arrivée inopinée de Laura chez elle.

Secouant ses sombres pensées, elle sortit de la cuisine. Arrivée à sa chaise, elle s'arrêta. Elle détestait l'idée de passer une autre journée sur cette satanée chaise. Un coup d'œil sur le petit salon lui démontra qu'elle n'avait pas le choix. Le divan n'était pas pratique, car le téléphone, les livres, sa guitare et les affaires dont elle se servait étaient à côté de la chaise.

Elle pouvait descendre pour passer un moment auprès de M. Bowers. Son propriétaire appréciait sa compagnie et jouait aux cartes avec elle.

« Je peux aussi rester là et penser à Paul Rouchet » songea-t-elle en voyant leurs deux tasses de café de la veille.

Depuis le matin, son image lui était restée constamment présente à l'esprit. Elle pouvait encore sentir sa main sur sa jambe, ses bras puissants lorsqu'il l'avait portée, ses lèvres tièdes lorsqu'il l'avait embrassée. Et bien qu'elle se raisonnât, elle ne parvenait pas à étouffer son excitation à l'idée qu'elle le reverrait.

Voilà qu'elle se comportait en adolescente, rêvant à un garçon! Elle se força à revenir à la réalité.

Un coup résonna à la porte et elle entendit le jeune Billy appeler tandis qu'Ivan sortait de la chambre en courant. Elle ouvrit et les regarda descendre l'escalier.

Heureusement qu'elle avait payé Billy à l'avance. C'était un souci de moins.

Fatiguée de se cramponner aux béquilles, elle alla s'asseoir. Un regard sur sa montre lui apprit qu'il n'était que huit heures un quart. Tout en gémissant, elle se renversa sur le dossier. Encore une longue journée devant elle, aussi vide que son compte en banque.

La sonnerie du téléphone la fit sursauter. Trop mal en train pour parler à quiconque, elle le laissa sonner. À la quatrième sonnerie, elle finit par décrocher.

Au lieu de sa réponse polie habituelle, elle aboya :

— Oui !

— Pourquoi avez-vous mis tant de temps à répondre, aboya en retour une voix masculine.

— Bonjour, monsieur Rouchet.

Après un bref silence, il dit doucement :

— Bonjour, Marjory. Comment allez-vous ?

— Mon petit cerveau s'ennuie.

— Nous allons y remédier, s'esclaffa-t-il. Aimez-vous la cuisine chinoise ?

« Quand on est sur un circuit de montagnes russes, songea-t-elle, on n'a pas d'autre choix que de se cramponner ».

— Oui, j'aime la nourriture chinoise. Avez-vous une raison particulière de me poser cette question ?

— Oui. Essayez de rester sage. A plus tard.

La tonalité du téléphone lui résonna à l'oreille. Exaspérée, elle raccrocha en secouant la tête. Paul avait l'art des réparties incompréhensibles.

Pourtant, elle devait bien avouer qu'elle ne s'ennuyait déjà plus autant. Comme Paul était resté vague, elle se demanda s'il appellerait de nouveau ou s'il arriverait à sa porte avec des cartons de plats chinois. Peut-être ne viendrait-il pas et les ferait-il livrer, par compassion...

44

Tout le reste de la matinée puis de l'après-midi, le téléphone resta muet. La seule personne à frapper à la porte fut Billy. Elle tenta de s'occuper en lisant et en apprenant un nouvel accord à la guitare. Elle alluma même la télévision pour l'éteindre après le cinquième spot publicitaire.

A six heures du soir, elle en était arrivée à la conclusion que Paul avait seulement voulu lui faire la conversation. Conversation bizarre et brève.

Lorsqu'enfin on frappa à la porte, elle se pencha sur ses béquilles pour ouvrir. La seule vue de Paul la laissa haletante.

« Que m'arrive-t-il ? se demanda-t-elle. Je suis une femme raisonnablement intelligente, j'ai mieux à faire que de perdre la tête devant un homme. »

Cette fois, il ne portait pas de smoking. Sa main posée sur le chambranle de la porte faisait bâiller son imperméable, laissant entrevoir une chemise d'un blanc éclatant et un pantalon noir. Bien qu'il ne plût pas à cet instant précis, des gouttes luisaient dans ses cheveux.

– Vous feriez bien de prendre un imperméable, fit-il.

– Ah bon ? Pourquoi ?

– Pour l'instant, c'est arrêté mais ça peut reprendre quand nous serons dehors.

– Je vais quelque part ?

– Vous m'avez dit que vous aimiez la cuisine chinoise. C'est ce que nous aurons pour dîner.

Elle recula, ce qui n'était pas facile avec des béquilles.

– Je ne vais nulle part. Je suis capable de blesser quelqu'un ou de renverser une table, avec ces cannes.

S'attendant à un refus, Paul avait réfléchi à ce qu'il lui dirait pour la convaincre. Cela avait déjà été difficile, de passer une journée sans la voir ni lui parler, aussi était-il déterminé à passer la soirée avec elle.

– Il faut que nous débattions de la façon dont nous allons retrouver nos voleurs. On peut le faire en dînant.

– Le temps que j'aille de la voiture à table, vous auriez le temps de prendre un repas complet.

Au lieu de perdre du temps à discuter, il la contourna pour ouvrir la porte du placard de l'entrée. Il ne lui fallut qu'un moment pour découvrir ce qu'il cherchait, le décrocher du portemanteau et le lui tendre.

Elle ne fit pas un geste pour enfiler son imperméable.

– Je ne veux pas sortir, fit-elle, bornée. C'est trop pénible et cela n'en vaut pas la peine.

– Peu importe le mal, rétorqua-t-il calmement. Je suis là, n'est-ce pas.

– Je ne suis pas habillée pour aller au restaurant, fit-elle en essayant une autre tactique.

Son regard remonta de la jupe grise à la chemise style safari, serrée à la taille par une fine ceinture noire.

– Vous êtes bien, comme ça.

Ce n'était pas le compliment le plus enthousiaste qu'elle eût reçu et cela ne l'aida pas à changer son état d'esprit.

Sans être le moins du monde troublé par son manque d'entrain, Paul saisit une béquille et lui fit passer le bras dans une manche du manteau. Pour se stabiliser, elle s'appuya sur lui, tandis qu'il l'aidait pour l'autre manche.

– On dirait que je vais manger chinois, pour finir, marmonna-t-elle.

– Faites-moi confiance. Le pire qui puisse vous arriver serait d'être un peu mouillée.

Sa solution pour descendre l'escalier était de la porter. Marjory n'essaya même pas de l'en dissuader et lui passa un bras autour du cou. La descente se passa sans encombre mais, au pied de l'escalier, il rencontra un premier obstacle.

Le propriétaire de Marjory tourna soudain le coin, leur bloquant le passage. Ce fut à qui serait le plus surpris, M. Bowers ou Paul.

M. Bowers était le genre d'homme que l'on qualifie poliment d'« excentrique ». Il portait toujours une salopette, une chemise blanche, et une casquette des chemins de fer couvrait son crâne chauve. Une fois à la retraite, ce représentant en assurances s'était adonné aux maquettes de trains électriques. Le sol, les tables et les étagères de chaque pièce de son appartement étaient couverts de voies ferrées. Des trains d'époque pétaradaient sous des tunnels construits en papier rocher, passaient sur des ponts et desservaient de petits villages soigneusement construits.

Ses yeux écarquillés trahirent sa surprise de voir son unique locataire portée par un inconnu.

– Que se passe-t-il, Marjory ?

– Bonsoir, monsieur Bowers, répondit-elle comme s'il était parfaitement normal de soutenir une conversation pendant qu'un homme vous portait. Je vous présente monsieur Rouchet qui m'emmène dîner.

– Ah, je vois. Je n'essaierai pas de vous serrer la main, monsieur Rouchet, vu qu'elles sont pleines. Au fait, je suis Jeremy Bowers. Bonne soirée, acheva-t-il en portant la main à sa casquette.

Paul le suivit des yeux tandis qu'il disparaissait au coin de la maison.

– Je ne m'étais pas rendu compte qu'il y avait une gare par ici.

En souriant, Marjory lui raconta le passe-temps de son propriétaire.

Après l'avoir installée sur le siège avant de sa BMW, Paul retourna chez elle chercher ses béquilles qu'il posa à l'arrière. Puis il s'installa au volant.

Comme elle se débattait avec sa ceinture de sécurité sans pouvoir l'attacher, il se pencha pour l'aider et ses doigts se mêlèrent aux siens jusqu'à ce que le déclic se fasse enfin entendre.

Tandis qu'il s'occupait de la sienne, elle croisa les mains sur ses genoux. Malgré les sermons qu'elle s'était tenus toute la journée, son contact agissait sur elle : sa peau la picotait et les battements de son cœur s'accéléraient. Et quoi qu'elle se racontât, ce n'était pas le fruit de son imagination.

La pluie commença à frapper le pare-brise, formant des ruisselets que les essuie-glace effacèrent. Marjory ne fit pas attention à la route, jusqu'à ce qu'ils arrivent dans la rue principale de la vieille ville. Elle ne connaissait pas de restaurant chinois dans ce quartier, mais Paul, si, apparemment.

Comme il s'arrêtait devant l'Hôtel *Lantis*, elle se tourna vers lui pour lui demander pourquoi ils allaient à l'hôtel, mais il était déjà descendu de voiture. Cette fois, il n'essaya pas de la porter. Il sortit ses béquilles et l'aida à se lever.

– Je ne savais pas qu'il y avait un restaurant chinois ici, remarqua-t-elle.

– Il n'y en a pas.

Levant les yeux, elle fut surprise de voir l'enseigne du *Repaire du corsaire*. Le dessin d'un pirate, un bandeau noir sur l'œil et un mouchoir rouge noué autour de la tête apparaissait sur une petite enseigne, au-dessus d'une entrée indépendante de celle de l'hôtel.

Un portier, en uniforme gris et vert, s'approcha.

– Je me demandais pourquoi vous vous gariez devant au lieu de passer par derrière, dit-il à Paul, et puis j'ai vu la dame avec ses béquilles. Puis-je vous aider? ajouta-t-il en se tournant vers elle.

– Non merci. Je me débrouille.

– Voulez-vous demander à l'un des garçons de garer ma voiture à l'endroit habituel, Ralph? fit Paul.

– Entendu, Corsaire, pas de problème.

Sans regarder Marjory pour voir sa réaction à

ce nom, il mit la main dans le creux de son dos pour l'inciter à avancer.

Comme il lui ouvrait la porte, un couple était sur le point de sortir et il s'effaça pour le laisser passer.

– Hé, Corsaire, dit l'homme en voyant Paul. Quel joie de te voir. Tu nous as manqué, l'autre soir. Tulip nous a dit que tu t'occupais d'affaires importantes.

D'un regard frisant l'insolence, il dévisagea Marjory, regarda ses béquilles, suivit la courbe de ses hanches et de sa poitrine.

– Je savais que tu étais dur avec les femmes, Corsaire, mais pas à ce point, sourit-il.

Paul grommela intérieurement. De tous les gens qu'il aurait pu rencontrer, il avait fallu que ce soit Ross Steubin. C'était le genre d'homme à souligner toute insinuation d'un clin d'œil et d'un coup de coude.

Pressant la main dans le dos de Marjory pour la faire avancer, Paul les salua :

– Bonsoir Ross, bonsoir Pamela. Excusez-nous, Marjory ne peut pas rester longtemps debout.

Ross lui planta un coude dans le côté :

– Je comprends. Dès que nous arriverons à la maison, je ferai en sorte que Pamela ne reste pas debout non plus.

Pamela s'esclaffa tandis que la porte se refermait sur eux. Marjory sentit l'irritation de Paul.

– Un homme charmant, lança-t-elle tout en traversant l'entrée. Pourquoi lui et le portier vous ont-ils appelé Corsaire?

Paul hésita. Il se doutait que la question arriverait, tôt ou tard. Après tout, l'amener à l'hôtel
n'avait peut-être pas été une très bonne idée.

– C'est un surnom que je traîne depuis
l'enfance.

– Vous êtes le corsaire, comme dans le *Repaire
du corsaire*. Le club porte votre nom?

– Ça m'a semblé être une bonne idée, à
l'époque.

– Faut-il aussi que je vous appelle Corsaire?

– Non, répliqua-t-il fermement. Les sols sont
glissants, ici, faites attention, ajouta-t-il.

« Pas seulement à cela » se dit-elle en songeant
qu'elle entrait dans un hôtel avec un homme surnommé Corsaire.

Une nouvelle fois, elle tenta de découvrir où il
l'emmenait dîner.

– Votre discothèque sert de la cuisine
chinoise?

– Nous n'allons pas au club. Ce serait impossible de parler. Il y aurait trop d'interruptions.

Lorsqu'il s'arrêta devant une rangée d'ascen-
seurs et pressa un bouton pour en appeler un, elle
décida qu'il était temps de réaffirmer son indépendance.

– Vous vous croyez tout permis! Je n'irai pas
dans une chambre d'hôtel avec vous!

Comment aurait-il pu la blâmer de penser le
pire, surtout après les remarques de Ross Steubin. Levant la main, il lui effleura la joue.

– Du calme, Marjory. J'habite ici. Je n'ai pas
loué de chambre pour une nuit de passion. J'ai

envoyé un membre du personnel chercher notre dîner dans un restaurant chinois.

Si vous vous sentez gênée de monter avec moi, vous n'avez qu'à le dire et nous irons ailleurs. Ou bien je peux inviter un employé à dîner avec nous.

Il lui donnait l'impression de se conduire comme une vierge apeurée.

– Ce n'est pas que je sois gênée d'être seule avec vous, Paul. Je veux seulement que vous n'ayez pas de fausses idées sur ma présence ici.

L'ascenseur s'ouvrit. Paul ne bougea pas.

– Je sais pourquoi vous êtes avec moi, Marjory.

Mais comment aurait-il pu lui dire pourquoi il souhaitait sa présence. C'était trop tôt.

Dirigeant ses béquilles vers l'ascenseur, elle y entra en sautillant.

– Notre dîner refroidit!

Paul la suivit avec un léger sourire. Il avait raison. Elle n'était pas femme à refuser un défi.

Arrivés au dernier étage, il maintint les portes ouvertes pour qu'elle puisse sortir et lui montra le chemin jusqu'à son appartement.

Lorsqu'elle pénétra dans le spacieux salon, ses béquilles s'enfoncèrent dans l'épaisse moquette gris clair. Un grand canapé marron et des fauteuils assortis formaient un ensemble autour d'une table basse. Les murs écrus servaient de toile de fond neutre à plusieurs tableaux.

Par une porte voûtée, Marjory vit une longue table en acajou dressée pour deux personnes. Au milieu de la table, un vase contenait trois lis tigrés.

– Voulez-vous boire quelque chose? demanda Paul.

– Rien pour moi, mais ne vous gênez pas si vous voulez quelque chose.

– Je ne bois pas, répondit-il en secouant la tête.

La précédant dans la salle à manger, il tira une chaise pour qu'elle s'y installe. Elle avança lentement tout en réfléchissant à cette nouvelle pièce du puzzle nommée Corsaire. Il possédait une boîte de nuit qui servait de l'alcool, mais il ne buvait pas.

Comme le salon, la salle à manger dégageait une élégance tranquille. Sur le mur en face d'elle était suspendu un tableau. Elle le regarda mais fut incapable d'en détacher les yeux. Elle s'approcha pour l'étudier.

Cette scène marine, dans des tons bleus et gris, dégageait une sorte de magie. Dans le lointain, on distinguait une petite île voilée de brume. La turbulence des vagues en contrebalançait la sérénité.

Sans se rendre compte que Paul l'observait, elle continua d'examiner la toile. Lui, réprima son désir de lui demander ce qu'elle en pensait, gêné à l'idée qu'il désirait son approbation.

Sans qu'il ait à lui demander son opinion, elle la lui donna.

– C'est à la fois rêve et réalité. C'est à la fois intense et tranquille. Cela ne vous prend pas à la gorge comme un souvenir sentimental, mais vous attrape le cœur, l'âme même, et s'y cramponne.

Étonné, il constata qu'elle venait de décrire exactement l'état d'esprit dans lequel il avait peint ce tableau.

– Si vous voulez vous asseoir, dit-il avec raideur, je vais servir le dîner.

Quelque chose dans sa voix lui fit tourner la tête pour le regarder. C'était la première fois, depuis le peu de temps qu'ils se connaissaient, qu'elle percevait en lui un signe de nervosité.

– C'est vous qui l'avez peint, n'est-ce pas? demanda-t-elle après un nouveau coup d'œil sur la toile.

Très peu de gens connaissaient son penchant artistique. Il haussa les épaules.

– Cela a-t-il de l'importance?

A voir son expression fermée, cela devait en avoir.

– Cela en aurait si vous arrêtiez de peindre.

A cette réponse, un coin de sa bouche se releva légèrement et il se détendit.

– Asseyez-vous, fit-il avec un geste vers la chaise.

« Voilà qui est clair » songea-t-elle.

Apparemment, son art n'était pas un sujet de conversation. En boitillant, elle alla s'asseoir. Après quoi il prit ses béquilles qu'il accota au mur derrière elle.

– Tulip doit avoir tout préparé dans la cuisine. Je vais aller voir ce qu'elle a prévu.

Pendant qu'il était à la cuisine, Marjory examina la toile une nouvelle fois. L'homme qui l'avait peinte avait fait plus que jouer avec ses pinceaux et ses couleurs. Bien qu'elle ne fût pas un expert, elle pouvait apprécier la sensibilité de cette œuvre. Cela n'était pas le travail d'un don

Juan surnommé Corsaire, mais d'un certain Paul, qui avait forcé sa porte en pensant qu'elle était en danger.

Après un troisième aller-retour à la cuisine, il s'assit enfin. Tous deux contemplèrent le monceau de nourriture disposé devant eux.

– Avez-vous dit à cette dame que je n'avais pas mangé depuis un an? commenta Marjory, impressionnée.

Tulip avait été fort surprise quand il lui avait demandé de préparer un dîner pour deux personnes. Sa réputation de séducteur était grandement exagérée et il amenait rarement une femme chez lui.

– Tulip a parfois tendance à s'emballer, répondit-il en souriant.

– Tulip. Quel nom inhabituel!

– C'est une femme inhabituelle.

– Travaille-t-elle à la discothèque?

– Elle fait généralement ce qui lui plaît, s'esclaffa-t-il. Avez-vous mal au pied? Je peux aller chercher un tabouret pour le soutenir.

Exaspérée, elle secoua la tête. Cet homme la rendait folle à esquiver constamment les questions.

– Non, ça va, répondit-elle.

Hésitant à lui demander quelque chose qui ne la regardait pas du tout, elle marqua une pause puis se lança.

– Que peut faire exactement une femme du nom de Tulip?

– Tout ce qu'elle a envie de faire.

Devant la lueur d'irritation de ses yeux, il décida de clarifier un peu sa réponse.

– Elle est difficile à décrire. Imaginez le général Patton, votre arrière-grand-tante préférée et un manutentionnaire en stricte robe grise à col de dentelle. Elle s'occupe du personnel, des emplois du temps, d'engager, de licencier, etc. Heureusement qu'elle travaille bien. Je n'arriverais jamais à la licencier, je tiens à conserver ma tête.

– Elle a l'air...intéressante.

– C'est bien cela. Et maintenant, allons-y, fit-il avec un mouvement du menton vers les plats.

Tout en se servant plusieurs cuillerées de nouilles, elle demanda :

– Quand dresserons-nous notre plan d'attaque ?

– Après avoir mangé.

– J'espère que vous ne vous sentirez pas obligé de m'entretenir ainsi tout le temps que nous rechercherons nos voleurs.

– Apprenez une chose, Marjory, je fais rarement ce que je n'ai pas envie de faire. Vous aviez besoin de sortir de chez vous et j'avais besoin d'être celui qui vous sortirait. Ce n'est pas si compliqué.

Craignant de se ridiculiser, elle hésita.

– Je crois qu'il faut mettre les choses au point, Paul, dit-elle. Je veux retrouver ma sœur pour être sûre qu'elle va bien et qu'elle n'a rien fait de vraiment stupide. C'est tout ce que j'ai accepté.

– Qu'essayez-vous de me dire ?

Certaine, à présent, de se tourner en ridicule, elle s'appuya contre le dossier de sa chaise.

– Peut-être que je fabule trop sur un seul baiser, mais je veux qu'il soit bien clair que je ne cherche pas à m'engager avec vous sur un plan personnel.

Contre toute attente, il ne se moqua pas d'elle.

– Cela dépend du genre d'engagement. Je ne cherche pas à me marier. Je l'ai déjà été deux fois et je ne tiens pas à recommencer. Mais cela ne veut pas dire que je n'apprécie pas la compagnie d'une femme.

Était-ce le fait qu'il ait déjà été marié deux fois ou sa manière décontractée d'en parler qui la choqua ? Il aurait aussi bien pu discuter du temps.

En tant qu'infirmière expérimentée, elle aurait cru qu'il lui en fallait plus pour la décontenancer. Pour être honnête avec elle-même, elle devait bien reconnaître qu'elle l'était depuis que Paul Rouchet avait fait irruption dans son appartement.

Comme il n'en faisait pas une affaire d'État, elle décida de faire de même et se mit à manger.

Réprimant un sourire, il suivit son exemple. Il savait qu'elle avait été surprise d'apprendre qu'il avait été marié deux fois, mais qu'elle ne ferait pas de commentaires.

Depuis la veille, il pensait à elle sans comprendre pourquoi. Bien sûr, certaines raisons étaient évidentes : séduisante, drôle, elle avait un côté indépendant.

Rien qu'à la regarder, il la désirait. Mais cela lui était déjà arrivé avec d'autres femmes. Avec Marjory, il y avait quelque chose de plus. En apparence, elle semblait sûre d'elle et capable. Mais c'était en profondeur qu'il voulait la connaître.

Entre deux plats, ils commencèrent à discuter de la façon de retrouver les voleurs. Sur un bloc, Paul fit une liste des gens et des endroits déjà vérifiés par lui ou son ami détective Michael Tray.

Finalement, Paul jeta son crayon.

– Nous devons oublier quelqu'un ou quelque chose, mais quoi?

Marjory commença à empiler les plats vides et les assiettes.

– C'est la conclusion à laquelle je suis déjà arrivée. J'espérais que Laura me contacterait.

– Laissez cela, lança-t-il sèchement. Je ne vous ai pas amenée ici pour faire la vaisselle.

Les assiettes cliquetèrent et elle se rassit lentement sur sa chaise en le regardant.

La fureur de Paul se dissipa devant l'expression de son visage. Bien qu'elle essayât de le cacher, c'était comme s'il l'avait giflée.

4

– Excusez-moi, Marjory, fit-il après s'être maudit silencieusement. Je ne voulais pas vous parler sur ce ton. Vous n'y êtes pour rien.

Elle se pencha pour attraper le bloc de papier.

– J'ai l'impression que nous n'avons pas beaucoup progressé, ce soir.

– Hier soir, vous avez dit que votre sœur n'irait jamais se réfugier chez vos parents, mais vous n'avez pas expliqué pourquoi.

– Nos parents vivent au Nebraska dans une ferme isolée. Laura est très ouverte et aime sortir.

– Est-ce pour cela que vous les avez quittés ?

– En partie. Je voulais plus que ce que mes parents avaient prévu pour moi. Laura voulait seulement quitter la ferme. Moi j'avais le désir de faire quelque chose que je n'aurais pas pu faire là-bas.

– Devenir infirmière ?

Elle fut tentée de lui rappeler qu'ils étaient censés parler de Laura, pas d'elle. Mais si elle lui expliquait sa vie, peut-être lui raconterait-il la sienne ?

– C'est l'infirmière du lycée qui a été cause de ma vocation. Son travail m'intéressait et au fil des années, elle m'a encouragée en me faisant part de son expérience, en me prêtant des livres et elle m'a aidée à obtenir une bourse.

– Combien de temps...

Un coup à la porte l'interrompit. Elle s'ouvrit et une voix masculine retentit :

– Corsaire ? Es-tu là ?

– Entrez, Baxter.

– Je sais que vous ne vouliez pas être dérangé, Corsaire, mais Tommy Peters ennuie de nouveau Alicia. Faut-il que j'appelle la police ?

– Tulip lui a-t-elle parlé ?

– Il a trop bu. Il ne l'a pas écoutée.

– Alors appellez la police. Demandez à Tray de s'en occuper. Il agira en douceur.

– Entendu. Excusez-moi, madame.

Marjory sourit à l'homme qui sortait. Paul repoussa sa chaise pour se lever.

– Je vais vous reconduire chez vous.

– Si vous voulez vous occuper du problème à la discothèque, je prendrai un taxi.

– Je vous reconduis, répéta-t-il en lui apportant ses béquilles.

La note d'acier de sa voix la convainquit de ne pas insister. Sans mot dire, elle prit les béquilles.

Avant de pouvoir sortir de l'hôtel, Paul fut arrêté plusieurs fois par des employés ou des clients.

Mâchoires serrées, il attendit qu'on leur amène la voiture.

« Quelle erreur d'avoir conduit Marjory chez moi » songea-t-il.

A l'origine, il avait pensé pouvoir mieux la connaître sur son propre terrain. S'ils avaient pu, en plus, trouver des idées pour découvrir Nichols, cela aurait été encore mieux.

Ce à quoi il n'avait pas pensé, c'est aux impressions auxquelles elle serait soumise à l'hôtel. Ils s'étaient cognés dans tous les gens qu'il aurait voulu éviter.

Le trajet de retour s'accomplit en silence, chacun plongé dans ses pensées.

Peut-être n'avaient-ils pas trouvé de plan pour retrouver Nichols et Laura, mais au moins elle avait appris quelque chose sur Paul. C'était un homme d'humeur inégale, qui vivait largement, vu sa voiture et son appartement.

Elle jeta un coup d'œil sur son profil. Il était facile de croire que les femmes le trouvaient séduisant. Dieu sait qu'il l'était. Mais il était plus qu'un don Juan. C'était un homme complexe, difficilement déchiffrable, peut-être impossible à comprendre. Et qui s'était marié deux fois.

Sa façon de répondre aux clients l'intriguait. Il s'était montré amical mais distant. Quant au personnel, il semblait l'aimer et le respecter. Mais là encore, il gardait une certaine distance. Comme avec elle.

Si elle n'avait pas vu le tableau, elle aurait pensé qu'il était bien le corsaire que les autres voyaient.

Étant donné qu'il s'était brûlé deux fois les ailes

en se mariant, elle comprenait qu'il se protège de tout engagement. Pour elle, c'était parfait. Elle s'inquiétait plus de sa survie que d'un interlude romantique. Lorsqu'elle aurait à nouveau les deux pieds par terre, elle songerait peut-être à s'engager avec un homme.

Arrivés devant chez elle, Paul la porta dans l'escalier avec ses béquilles, puis prit sa clé pour ouvrir la porte. Ivan se mit à aboyer frénétiquement jusqu'à ce que Marjory le rappelle froidement à l'ordre.

Alors qu'elle allait franchir le seuil, il lui mit la main sur le bras.

— Attendez, je vais jeter un coup d'œil à l'intérieur.

— Pour quoi faire?

Sans répondre, il alla dans la cuisine puis dans la chambre. Comme il revenait au salon, elle franchit le seuil, et ferma la porte à l'aide de sa béquille.

— Que cherchez-vous? répéta-t-elle.

— Ne vous moquez pas de moi, fit-il. Je m'assure que vous êtes bien en sécurité.

Tout en l'observant, elle pencha la tête de côté.

— Paul, il se trouve que j'ai un très gros chien qui ne laisserait personne entrer en mon absence.

Le regard qu'il jeta sur Ivan était sceptique.

— J'ai enfoncé votre porte sans qu'il réagisse! Ce n'est pas une recommandation.

Satisfait de son inspection, il mit la main sur la poignée de la porte, la tourna puis changea d'avis. Faisant demi-tour, il franchit la distance qui les séparait.

A quelques centimètres d'elle, il tendit la main pour la passer dans ses cheveux et lui effleura le menton de ses lèvres. Une vague de désir le submergea. Ses doigts se refermèrent sur ses cheveux et il lui prit la bouche.

Plus enivrante que le vin le plus fin, elle était aussi plus exotique qu'un coucher de soleil sous les tropiques.

Relevant légèrement la tête, il prit une inspiration. Fasciné, il la vit relever ses longs cils sur des yeux embués de désir. Sa respiration était aussi haletante que la sienne. Il savait que s'il insistait, il obtiendrait ce qu'il voulait, mais son instinct lui disait que c'était trop tôt. Il gagnerait une nuit de plaisir et perdrait le peu de terrain qu'il avait conquis.

Pendant qu'il le pouvait encore, il la lâcha.

– Je ferais mieux de partir, soupira-t-il.

Incapable de parler, Marjory hocha la tête.

Une bataille silencieuse se déroulait en Paul. Le bon sens l'emporta. Pivotant sur ses talons, il quitta l'appartement. En entendant le bruit de la serrure, Marjory ferma les yeux et inspira profondément.

Que s'était-il passé durant ces dernières minutes? Le monde avait basculé quand il s'était approprié ses lèvres et n'avait pas encore repris son équilibre habituel.

Tout en secouant la tête pour s'éclaircir les idées, elle se dirigea vers sa chambre.

D'après les symptômes, le diagnostic était facile. Auparavant, désir et passion n'étaient que des mots. Maintenant, ils étaient réels... et effrayants.

Le lendemain matin, un coup à la porte la réveilla. Un coup d'œil sur sa montre lui apprit qu'il était tard. Vivement, elle enfila son peignoir et clopina à l'aide de ses béquilles. Assis devant la porte, Ivan avait la laisse dans la gueule.

Après l'avoir attachée au collier, elle ouvrit à Billy pour lui confier le chien, puis alla jusqu'à la cuisine. Elle avait besoin d'une tasse de café. Ou d'une dose de bon sens. Pendant une seconde, elle avait cru que c'était Paul qui frappait.

En passant devant son répondeur, elle vit que la lumière rouge était allumée. Il avait dû y avoir des appels pendant qu'elle était chez Paul. Son baiser l'avait tellement secouée qu'elle n'avait pas vérifié avant d'aller se coucher.

Le premier message venait d'une infirmière de l'hôpital qui voulait juste lui dire bonjour. Le deuxième était de sa sœur.

— Marjory, c'est Laura. Je veux seulement que tu saches que tout va bien.

Elle s'était arrêtée de parler un moment et Marjory entendit des bruits de fond bizarres. Puis sa sœur poursuivit :

— Ce n'est pas ce que tu crois, Marjory. J'avais besoin de l'argent que j'ai pris, mais ce n'est qu'un emprunt. Je te rembourserai. Je le jure. Jusqu'au dernier sou.

Après avoir rembobiné la bande, Marjory écouta de nouveau le message. Ce n'étaient pas les mots qu'elle voulait entendre. Laura disait en gros toujours la même chose lorsqu'elle agissait mal. Elle était toujours désolée et promettait de réparer. C'était le bruit de fond qu'elle voulait identifier.

Une nouvelle fois, elle réécouta. On entendait parler des gens. Beaucoup de gens. Avec une musique, non pas d'orchestre, mais de piano. Et peut-être de banjo. Quant aux craquements sourds, impossible de les identifier.

Sourcils froncés, elle alla préparer son café. Il était facile de deviner que sa sœur avait téléphoné d'une discothèque. Mais qui pouvait se trouver n'importe où.

Après avoir empli sa tasse, elle se demanda si elle appellerait Paul. Elle avait promis de le faire si elle avait des nouvelles de Laura.

« Sois honnête, songea-t-elle. Ce message n'est qu'une bonne excuse. »

Elle avait envie d'entendre sa voix. Bien sûr, dès qu'elle l'entendrait, elle aurait envie de le voir. Et quand elle le verrait, elle aurait envie de l'embrasser...

Tout en buvant, elle essaya de se reprendre en main afin de pouvoir tenir une simple conversation. Enfin, elle se traîna avec ses béquilles jusqu'à sa chaise. Elle s'inquiétait aussi pour sa sœur. Celle-ci était peut-être insouciante, mais elle avait été la première à se montrer quand Marjory s'était cassé la cheville.

Après qu'elle eut composé le numéro privé du corsaire, elle entendit la sonnerie retentir deux fois. Une voix féminine répondit. Marjory faillit raccrocher : elle n'avait pas envie de savoir qu'une femme était déjà chez lui à huit heures du matin.

– Je voudrais parler à Paul Rouchet, s'il vous plaît. De la part de Marjory Claryon.

– Oh, bonjour, dit la femme d'une voix amicale. J'espère que vous avez aimé le dîner hier soir. Baxter m'a raconté que vous étiez aussi jolie que le disait le corsaire. Paul est sous la douche. Je vous le passe.

Après un bourdonnement, la voix de Paul retentit, ainsi que le ruissellement de l'eau.

– Allô, Marjory ?

– Vous m'avez demandé d'appeler si j'avais des nouvelles de ma sœur. Elle a téléphoné hier soir.

– A-t-elle dit où elle était ?

– Non. Seulement qu'elle regrettait d'avoir pris l'argent et qu'elle allait bien.

– Cela aurait été trop beau qu'elle révèle le lieu où elle se trouve.

Le bruit de l'eau n'avait pas diminué. Marjory n'en revenait pas, d'avoir une conversation avec un homme qui prenait sa douche ! L'eau devait ruisseler sur sa peau bronzée, lui caresser la poitrine, couler sur ses hanches...

– Il y a d'étranges bruits de fond sur la bande, reprit-elle après avoir aspiré une grande goulée d'air. Je me trompe peut-être, mais on dirait du piano et du banjo. Et puis de drôles de craquements près du téléphone.

Après une pause, elle ajouta :

– Peut-être quelqu'un qui croque des cacahuètes.

Le bruit de la douche s'arrêta et elle vit mentalement son corps nu et sa peau luisante d'humidité.

Après quelques secondes de silence, sa voix, teintée d'incrédulité, résonna de nouveau.

– Du piano, du banjo, des cacahuètes! Pourquoi ai-je du mal à deviner où elle se trouve, avec d'aussi merveilleux indices?

– Ce n'était pas quelque chose à la radio ou la télé, soupira-t-elle, car on entendait des gens, beaucoup de gens. Nous n'avons qu'à chercher les discothèques ou les bars avec un joueur de piano, de banjo et...

– Des cacahuètes, coupa-t-il. Laissez-moi chercher et je vous rappelle.

– Paul, Laura peut avoir appelé d'un autre État. Je vous l'ai dit uniquement parce que j'avais promis de le faire.

– Ça débouchera peut-être sur quelque chose. Soudain, il s'esclaffa :

– J'adorerais continuer de discuter avec vous, Marjory, mais il faut que je me sèche. Je vous rappelle dès que j'aurai découvert quelque chose.

Un récepteur mort à la main, elle s'irrita de cette façon qu'il avait de terminer aussi abruptement les conversations téléphoniques.

Après que Billy eut ramené Ivan, elle alla se préparer. Tout en enfilant sa jupe en jean par la tête, elle se remémora sa conversation avec Paul. Comme ce serait drôle de voir la réaction de

M. Bowers si elle faisait installer un téléphone dans sa douche! Elle avait du mal à imaginer un appel tellement important qu'il faille avoir accès à l'appareil, même dans la salle de bains!

Une fois prête, elle vérifia son aspect dans la glace, puis enfila sa veste et prit la laisse d'Ivan. La descente de l'escalier fut toute une aventure. Le chien s'élança plus vite qu'elle ne le pensait et elle faillit perdre l'équilibre.

Sur la terre ferme, elle frappa chez M. Bowers. D'expérience, elle savait qu'il lui faudrait attendre. Enjamber tous les trains miniatures prenait du temps.

A sa grande surprise, il ouvrit la porte presque immédiatement.

– Bonjour, Marjory.

– Bonjour, monsieur Bowers. Je me demandais si vous auriez une corde assez longue pour que je puisse attacher Ivan dehors.

– Je dois en avoir une quelque part. Venez m'aider à chercher.

Aussi délicatement que possible, elle essaya de décliner l'invitation. C'était risqué pour les trains, non seulement à cause du chien, mais aussi à cause d'elle. Éviter rails et trains était déjà assez difficile sur deux pieds.

– J'ai Ivan avec moi.

M. Bowers avait une solution. Il disparut un instant pour revenir avec un gros os savoureux qu'il déposa près de la porte.

– Attachez la laisse à la poignée. Ça l'occupera un moment. Je veux vous montrer la chute d'eau que je viens de terminer. J'ai eu un mal fou à faire fonctionner le circuit hydraulique.

Avec un pâle sourire, elle attacha Ivan. Pas moyen de refuser d'entrer sous peine de blesser M. Bowers. Il n'y avait plus qu'à espérer qu'elle n'écrase rien.

En se garant devant chez Marjory, Paul se rendit compte que ses jointures étaient blanches d'avoir serré le volant aussi fort.

« Bon sang, jura-t-il intérieurement, où peut-elle être? ».

En une heure, il avait appelé trois fois et avait eu le répondeur. Entendre sa voix lui suggérer de laisser un message l'avait rendu furieux. Et malade d'inquiétude.

Pour quelqu'un qui déclarait ne pas vouloir s'engager, il montrait des signes dangereusement possessifs envers Marjory.

Descendant de voiture, il se dirigea vers la maison. Au lieu de monter chez elle, il alla à la porte de M. Bowers dans l'espoir qu'il saurait où elle se trouvait.

En approchant, il entendit d'étranges grognements et bruits de broiement sur le côté de la bâtisse et s'y dirigea.

Ivan rongeait un os avec enthousiasme et se contenta de remuer la queue tout en continuant de mâcher. La porte de derrière était ouverte. Après avoir frappé plusieurs fois, il vit apparaître M. Bowers.

– Je cherche Marjory, monsieur Bowers. Sauriez-vous où elle est?

La visière de sa casquette s'agita tandis qu'il hochait vigoureusement la tête.

— Entrez. Elle est à Talleyville.

Rongeant son frein d'impatience, Paul demanda :

— Comment se rend-on à Talleyville?

— En passant par Shady Grove, Coal City et la gare Bowers. Je vais vous montrer.

Paul le suivit. Il n'avait pas fait deux pas que M. Bowers pointait le doigt vers ses pieds.

— Faites attention, monsieur Rouchet. C'est un peu compliqué jusqu'à la sortie de Coal City.

Un réseau de voies ferrées miniatures couvrait le sol. Un peu plus loin, des immeubles et des arbres à l'échelle représentaient un petit village. Paul cligna plusieurs fois des yeux, mais ce n'était pas une vision.

Dans le lointain, il entendait le bruit sourd d'un train. Avec l'impression d'être entré dans un monde imaginaire, il traversa, derrière son guide, deux pièces équipées de la même façon.

Son côté artistique appréciait le temps et l'habileté qu'avait requis ce monde miniature. A tout autre moment, il aurait peut-être même examiné avec plaisir ce splendide étalage. Mais pour l'instant, il voulait trouver Marjory.

Sur une petite pancarte fixée à une porte, qui conduisait à une autre pièce, il lut : Population de Talleyville : 24.

M. Bowers entra et s'arrêta. Par-dessus son épaule, Paul vit une grande estrade sur laquelle circulait une locomotive suivie de dix wagons.

Des petites voitures, des camions et des personnages étaient disposés à différents endroits. Paul
ne prit pas le temps de vérifier s'il y en avait bien
vingt-quatre.

— Marjory, vous avez la visite de votre jeune
ami, dit M. Bowers.

Dès qu'il la vit, perchée sur un haut tabouret, il
se sentit soulagé :

— Pourquoi ne m'avez-vous pas appelé pour me
dire où vous alliez? Je me suis fait un mauvais
sang du diable.

Étonnée, elle cligna des yeux. Aucun d'eux ne
se rendit compte que M. Bowers quittait la pièce.

Avec un air de défi, elle releva le menton.

— Je peux sortir de chez moi sans vous demander la permission.

— Vous avez descendu ce satané escalier, grommela-t-il. Vous auriez pu tomber et vous casser le
cou.

En posant les yeux sur elle, sa mauvaise
humeur se transforma en quelque chose de différent. Il la prit par le bras et le désir l'envahit. Il
approcha jusqu'à ce que leurs jambes se touchent
et la passion qu'il lut dans ses yeux l'excita.

— Et zut, marmonna-t-il doucement en lui prenant les lèvres.

Ses paroles, qui ressemblaient plus à une
caresse qu'à un juron, résonnèrent en elle. Passant
les bras autour d'elle, il la serra contre lui.

Le temps et le lieu disparurent. Le cliquetis des
petites roues du train formaient un fond sonore
aux battements de leur cœur. Des sentiments qui

ne pouvaient s'énoncer à voix haute s'exprimèrent par le murmure d'un prénom, la caresse intime d'une langue, le contact enfiévré d'une main tiède.

Enfin, à regret, Paul releva la tête.

— Tu m'as fait une peur terrible, fit-il d'une voix rude.

Le fait qu'il se fût inquiété, l'étonna.

— Désolée. Je ne savais pas que tu ferais des objections à ce que je quitte l'appartement.

— J'aurais des objections si je te trouvais le cou brisé au pied de l'escalier. Si tu veux aller quelque part, tu n'as qu'à me téléphoner et je t'emmènerai.

A ses paroles et à tout ce qu'elles sous-entendaient, son cœur battit à grands coups.

— L'idée de t'appeler ne m'est jamais venue à l'esprit.

Ses yeux flamboyèrent.

— Je m'en rends compte. Et ce n'est pas plus facile à accepter que l'idée que tu puisses te faire du mal.

« Que signifie son expression ? » se demanda-t-elle.

Était-ce de la déception ou de la souffrance. Cela n'avait pas de sens, puisqu'il lui avait dit ne pas vouloir s'engager envers elle. S'inquiéter signifiait s'intéresser à la personne. S'y intéresser signifiait...Quoi ?

Il recula d'un pas.

— Combien de temps comptes-tu rester là ? Je voudrais arriver à Springfield avant deux heures.

Avec l'impression de se trouver au bord d'une falaise escarpée, elle secoua la tête.

— Qu'y-a-t-il à Springfield ?

— Avec un peu de chance, Nichols et ta sœur.

5

MARJORY alla à Springfield avec Paul. Pas dans l'espoir de retrouver sa sœur ni parce qu'il était acquis d'avance, pour lui, qu'elle l'accompagnerait. Elle y alla parce qu'elle avait envie d'être avec lui.

Tout en conduisant, Paul lui raconta que l'un de ses employés connaissait à Springfield une petite discothèque avec un orchestre composé d'un banjo, d'un piano et d'un tambour. Les clients y mangeaient des pizzas, buvaient de la bière et mâchonnaient des cacahuètes. Tout cela cadrait avec ce que Marjory avait entendu sur son répondeur.

Par téléphone, Paul avait appris que les propriétaires seraient là à deux heures. Même s'il était hautement improbable qu'ils se souviennent de Laura et de Dan Nichols, Paul voulait suivre le seul fil qu'ils tenaient.

Une heure plus tard, ils revenaient chez Marjory, avec la certitude que les deux acolytes étaient bien au club la veille. L'un des tenanciers s'en souvenait. Il était donc possible qu'ils soient encore dans les parages.

Au moment d'entrer dans la rue où vivait la jeune fille, ils durent s'arrêter pour laisser passer un camion de pompiers, toutes sirènes hurlantes. Ayant pu enfin tourner, ils virent que le camion s'arrêtait devant chez M. Bowers.

– Oh non! Il y a le feu chez M. Bowers!

Comme Paul s'arrêtait, ils virent des flots de fumée sortir des fenêtres de la façade. Marjory mit la main sur la portière mais il la stoppa.

– Tu restes là.

– Paul, fit-elle, pressante. M. Bowers est peut-être à l'intérieur. Et Ivan est enfermé chez moi. Il faut les sauver.

– Promets-moi de rester là, Marjory, dit-il en sortant de voiture. Je ne peux pas veiller sur toi et chercher en même temps M. Bowers et ton chien.

Il avait raison. Avec son plâtre, elle était incapable et inutile. Il lui fallait attendre.

Les pompiers avaient disparu dans la maison, et la fumée semblait plus noire et plus épaisse.

– D'accord, c'est promis. Va vite!

Il était déjà loin. Elle vit sa haute silhouette courir sur le côté de la maison. Sachant que les pompiers aideraient M. Bowers, il s'occupait d'Ivan.

Des voisins sortirent de chez eux pour observer cette activité inhabituelle. Tout à coup, des exclamations fusèrent et elle aperçut M. Bowers sur le seuil, flanqué de deux pompiers.

Impossible de rester là sans rien faire! Ouvrant la portière, elle sortit de voiture. Comme elle se dirigeait vers la maison, un pompier se précipita pour l'empêcher d'approcher.

Une ambulance arriva en hurlant pour s'arrêter non loin de là. Les pompiers escortèrent M. Bowers auquel on donna de l'oxygène. D'une démarche malaisée, elle alla jusqu'au véhicule. M. Bowers était assis sur une civière.

– Ça va, M. Bowers?

L'air étrangement nu, sans sa casquette habituelle, il hocha la tête.

– Les pompiers pensent que c'est le montage des fils électriques, dit-il en soulevant le masque à oxygène.

Elle lui fit remettre le masque. Bien que les ambulanciers l'eussent déjà fait, elle vérifia son pouls. Elle devait faire quelque chose!

Devant l'inquiétude de ses yeux, elle essaya de le rassurer.

– Les pompiers ont maîtrisé le feu, monsieur Bowers. Vos trains sont intacts. Il faudra tout nettoyer, mais le nettoyage mis à part, vos trains ne sont pas endommagés.

Derrière eux, la foule s'exclama et Marjory regarda vers la maison. Paul traversait la pelouse en tenant Ivan par le collier. Des taches noires lui maculaient le visage, la chemise et le pantalon, mais jamais il ne lui avait semblé aussi beau.

Un pompier alla à sa rencontre et ils discutèrent brièvement. Sans doute en réponse à une question de Paul, il montra l'ambulance du doigt. C'est alors que Paul vit Marjory. Son regard devint furieux. Elle n'était pas restée dans la voiture comme promis.

La main toujours sur le collier du chien, il se dirigea vers elle à grandes enjambées.

S'arrêtant devant elle, il lui mit la laisse entre les mains puis se tourna vers M. Bowers pour lui poser la main sur l'épaule.

– On va vous amener à l'hôpital, juste pour vérifier que vous n'avez pas inhalé trop de fumée. Un homme du nom de Baxter viendra vous retrouver aux urgences. Dès que le médecin vous laissera partir, il vous emmènera à l'hôtel *Lantis*. Vous y resterez cette nuit. Marjory aussi.

S'il entendit son hoquet de surprise, il l'ignora.

– Si vous avez besoin de quelque chose, demandez-le lui. Il ira le chercher.

Résigné, l'homme hocha lentement la tête. Les ambulanciers l'installèrent dans le véhicule qui s'éloigna. Marjory se sentit pleine de compassion.

Sentant Paul lui ôter la main de la laisse, elle leva les yeux vers lui. Sans lui parler, il se dirigea vers la voiture.

– Où emmènes-tu Ivan ? lança-t-elle.

Il s'arrêta pour se retourner.

– A l'hôtel, dit-il après un long silence tendu. Tulip l'emmènera chez elle. Elle a une grande cour fermée. Cela t'ennuierait de continuer cette conversation à l'hôtel ? J'aimerais me débarrasser de cette fumée.

Elle faillit le défier, mais avec un peu plus de six dollars en poche, elle n'avait pas le choix.

– Je ne resterai pas à l'hôtel.

– Je te porterai jusqu'à la voiture s'il le faut. Ce sera peut-être un peu difficile vu que je tiens ton

chien. A moins que je ne le lâche pour te prendre.
On aura peut-être du mal à le récupérer, mais...

– Bon, fit-elle, furieuse. J'ai compris.

– Il serait temps.

– Je ne vois pas pourquoi tu es en colère. Ce
n'est pas ma faute si la maison a pris feu.

– Tu avais promis de rester dans la voiture!
J'en ai soupé de ces femmes qui ne tiennent pas
leurs promesses.

– J'étais inquiète pour M. Bowers. Et je me fai-
sais du souci pour toi. Cela m'a permis de faire
quelque chose au lieu de me ronger les sangs à
ton sujet.

– Tu t'inquiétais pour moi? demanda-t-il, d'un
ton presque craintif.

La vérité était beaucoup plus difficile à dire
qu'un mensonge.

– Oui.

Ennuyée d'en avoir trop dit, elle regarda vers
la maison. Quelques pompiers enroulaient les
tuyaux. D'autres étaient encore à l'intérieur.

« Il n'y a plus de danger, maintenant », songea-
t-elle en se tournant vers le lieu du sinistre.

– Mais, où vas-tu?

– Chercher mes affaires!

– Ton appartement est plein de fumée, dit-il en
lui barrant le passage. Il faudra tout nettoyer
avant que tu puisses porter la moindre chose.

Étonnée des dommages causés, elle le regarda,
les yeux empreints de douleur. Elle aurait dû être
heureuse que la maison n'ait pas été détruite par
l'incendie, mais ce n'était pour l'instant qu'un
piètre réconfort.

Bien que mourant d'envie de la prendre dans ses bras pour la consoler, Paul n'osa pas. Il ne l'aurait peut-être plus laissé partir.

Gauchement, elle fit demi-tour vers la voiture, lui derrière elle. Devant l'état de l'appartement, il avait aussitôt téléphoné à Tulip pour prendre les dispositions nécessaires. Pas question de la laisser dans un endroit couvert de suie et empli de fumée.

Après avoir installé Marjory et Ivan dans la voiture, il les emmena à l'hôtel.

Tulip les accueillit dans l'entrée. Après avoir présenté les deux femmes l'une à l'autre, il emmena Marjory chez lui.

Cette dernière était trop silencieuse. Après une cheville brisée et le larcin de sa sœur, ce sinistre était la dernière goutte. Elle était l'une des femmes les plus fortes qu'il ait jamais vues, mais à cet instant, elle avait besoin de s'appuyer sur quelqu'un. Ce quelqu'un, ce serait lui.

Une fois chez lui, il ferma la porte derrière eux et lui mit la main sur l'épaule. Détachant ses doigts de la béquille, il vit comme sa paume était rouge et marquée.

Il glissa alors le bras sous ses genoux pour la soulever. Cette fois, elle ne protesta pas. Le visage enfoui contre lui, elle se cramponna à son cou et il resserra son étreinte. S'il n'avait tenu qu'à lui, il l'aurait emmenée dans sa chambre et l'aurait aimée une semaine durant. Mais elle en supportait assez en ce moment pour ne pas ajouter une liaison à laquelle elle n'était pas prête.

L'installant sur le canapé, il s'agenouilla à côté d'elle pour lui masser gentiment les paumes.

– Tu es restée trop longtemps sur tes béquilles, aujourd'hui. Repose-toi un peu. Je vais faire apporter quelque chose à manger. De quoi as-tu envie?

– Je n'ai pas faim.

Son air défait le déchirait et il se retint de la reprendre dans ses bras. Pour le moment...

– Je vais donner quelques coups de téléphone puis prendre une douche, dit-il.

Espérant qu'il allait lui faire préparer une chambre, elle hocha la tête. Impossible de réfléchir quand il était à côté d'elle. Dire qu'elle et M. Bowers avaient failli tout perdre! Il fallait qu'elle soit seule pour songer à ce qu'elle allait faire.

A regret, il sortit, après avoir pris la précaution de laisser les béquilles près de la porte pour qu'elle ne puisse pas se lever. Qu'elle le veuille ou non, il faudrait qu'elle se repose.

Marjory ferma les yeux. Que de changements dans sa vie, en si peu de temps!

Qu'est-ce qui lui ferait le plus de bien : pleurer à chaudes larmes ou jeter quelque chose par terre? Le matin même, elle se demandait comment elle allait payer son loyer à M. Bowers et maintenant, elle n'avait plus d'appartement. Au moins jusqu'à ce qu'il soit nettoyé et de nouveau habitable.

Récurer les murs et le sol avec une jambe dans le plâtre lui prendrait le restant de sa vie.

Une larme s'échappa de son œil pour rouler

sur la joue. Se laissant glisser sur le côté, elle s'enfouit le visage dans un coussin.

Quinze minutes plus tard, Paul sortait de sa chambre. Tout en rentrant les pans de sa chemise dans la ceinture de son pantalon, il regarda vers le canapé. Marjory y était allongée, la tête cachée dans un coussin.

Sur le coup, il pensa qu'elle dormait. Puis il l'entendit renifler et lever la main pour s'essuyer les yeux.

« Bon sang! Elle pleure! »

S'asseyant à côté d'elle, il la prit contre lui.

– Vas-y. Pleure, yeux verts. Tu en as bien le droit.

– Je ne pleure pas, fit-elle, la voix étouffée contre sa poitrine.

Sa main glissa le long de son dos en un geste tout à la fois apaisant et excitant.

– Alors c'est qu'il y a une fuite dans le plafond. Ma chemise est mouillée.

Elle leva la tête pour regarder. Le léger tissu bleu était complètement sec.

– Ta chemise n'est pas mouillée, fulmina-t-elle.

– Et tu ne pleures plus, conclut-il, satisfait.

Baissant la tête, il l'embrassa comme il rêvait de le faire depuis qu'il l'avait vue.

Submergée par la passion, elle entrouvrit les lèvres. Il suffisait qu'il la touche pour qu'elle s'anime d'une façon qu'elle n'aurait jamais crue possible. Sa respiration se fit haletante tandis qu'il accentuait l'intime caresse de sa bouche.

Il se fit dur, insistant. Ses doigts s'emmêlèrent

dans ses cheveux pour la maintenir tandis qu'il faisait pleuvoir sur son visage une pluie de baisers.

— Marjory, souffla-t-il, si je n'arrête pas maintenant, je ne le pourrai plus dans quelques minutes.

Son bras glissa sur le côté, sa main passa sous la jupe en jean, sur la peau nue.

L'évidence de son désir, savoir qu'elle pouvait l'exciter à ce point, l'emplit d'un plaisir primitif. Posant les mains sur sa poitrine, elle releva la tête.

— Je ne peux pas te dire d'arrêter, chuchota-t-elle. Je le devrais, mais je ne peux pas.

Puissant, douloureux, le désir le submergeait.

— Il le faut pourtant. Je viens de passer quelques coups de téléphone et plusieurs personnes vont arriver. C'est un peu tard pour les envoyer au diable, maintenant.

Comme elle se dégageait de son étreinte, il la retint.

— Nous avons quelques minutes encore.

— Si tu attends des gens, je vais m'en aller. M'as-tu réservé une chambre?

— Oui.

On frappa à la porte.

— Dis-moi où et je m'en vais.

Doucement, il l'aida à se relever. Avec un geste vers le couloir, il lui tendit ses béquilles.

— La première porte à gauche.

— Je ne veux pas dormir avec toi, remarqua-t-elle en se demandant s'il la croirait, vu sa réaction à son baiser.

— Alors, c'est la deuxième à gauche, répliqua-t-il.

Avant qu'elle ait pu répondre qu'elle ne voulait pas rester dans son appartement, il avait ouvert la porte. Un serveur entra avec une table roulante chargée de mets.

Tandis que l'homme installait les plats sur la table de la salle à manger sous la direction de Paul, Marjory ajusta sa jupe et essaya de discipliner ses cheveux. Mais elle ne pouvait rien pour l'agitation qu'elle ressentait intérieurement.

Une minute plus tard, un autre coup retentissait à la porte et quelqu'un entrait avec un téléphone. Paul lui indiqua l'endroit où il fallait installer l'appareil.

Comme le serveur sortait, Tulip entra avec un grand panier d'osier qu'elle tendit à Marjory.

– J'ai mis quelques petits accessoires que l'hôtel ne fournit pas. Vérifiez et dites-moi ce dont vous avez besoin.

Un assortiment de produits de toilette emplissait le panier : savon, shampooing, dentifrice et brosse à dents.

Tulip s'assit et ouvrit un carnet.

– Quelle sorte de nourriture mange Ivan? Quels sont ses horaires? A-t-il des habitudes à respecter?

Abasourdie, Marjory la regarda noter ses réponses.

Entre-temps, deux autres personnages étaient arrivés, que Paul présenta à la jeune fille.

Celui vêtu d'une veste de cuir ouverte sur une chemise à carreaux et un jean était Michael Tray, le détective ami de Paul. L'autre, de petite taille, était Joe Falano, un autre détective. Son costume gris était froissé, sa cravate légèrement de travers. Son visage à l'air fatigué contrastait avec l'intelligence de ses yeux.

Une fois assis, Paul les informa du message enregistré de la sœur de Marjory et de leur voyage à Springfield. Sans mentionner l'argent qu'avait volé Laura, il leur dit simplement qu'il avait des raisons de croire qu'elle était avec Nichols, vu qu'elle sortait avec lui avant le détournement de fonds et que tous deux avaient disparu en même temps.

Tray souligna que ce n'était pas une preuve suffisante; elle avait pu s'éclipser pour toute autre raison personnelle. Il leur fallait autre chose qu'un simple appel téléphonique pour aller de l'avant.

Marjory attendit que Paul leur révèle que Laura lui avait pris de l'argent, mais il resta muet. Alors elle le leur dit. Il fallait que l'on retrouve sa sœur avant qu'elle ne s'enlise dans quelque chose de pire.

— Elle ne doit pas savoir que Nichols a détourné des fonds. S'enfuir avec un homme pour le plaisir de faire quelque chose de différent, c'est bien d'elle.

— Qu'est-ce qui vous fait croire qu'elle ignore le larcin?

— Ma sœur a pris de l'argent sur mon compte avant de disparaître. Si elle avait su que Nichols en avait, elle ne l'aurait pas fait.

— Avez-vous une photo de votre sœur? s'enquit Tray.

– J'en ai plusieurs chez moi.

Avant que l'un des détectives ait pu lui demander d'aller les chercher, Paul raconta l'incendie.

– Une équipe de nettoyage ira demain matin. J'enverrai quelqu'un d'ici chercher les photos et vous les porter.

Sa main se posa sur sa cuisse pour prévenir toute objection. Elle pourrait protester tant qu'elle voudrait quand ils seraient seuls.

Après quelques minutes supplémentaires de discussion, les détectives s'en allèrent.

– Il faut un peu de temps pour s'y habituer, hein? lança Tulip tandis que Paul raccompagnait les deux hommes.

– A quoi?

– Rappelez-vous le sens du mot « corsaire », fit-elle avec un large sourire. Si vous vous attendez à ce qu'il agisse comme les autres, avec des manières polies et des gestes romantiques, vous allez être déçue.

– Je ne suis pas déçue, répondit doucement Marjory avec un regard vers la haute silhouette de Paul.

– Bien. La loyauté signifie beaucoup pour notre corsaire ajouta-t-elle avec beaucoup de sérieux. S'il met sa confiance en quelqu'un, il attend la réciproque. Il peut être votre meilleur ami ou votre pire ennemi, comme Nichols l'apprendra quand il le retrouvera.

Sur ce commentaire, Tulip referma son carnet.

– Appelez-moi si vous avez besoin de quelque chose. Ne vous inquiétez pas pour Ivan, je m'en occuperai bien.

Tandis qu'elle sortait, Marjory se renversa sur le canapé. Elle avait perdu le contrôle de sa vie et ne savait pas comment le récupérer. Ni même si elle le souhaitait.

L'installateur de téléphone revint dans le bureau. S'il trouvait étrange que M. Rouchet veuille un appareil dans une pièce où il y en avait déjà un, il ne fit aucun commentaire. Après l'avoir reconduit, Paul s'appuya contre la porte en contemplant Marjory. Beaucoup de choses avaient été accomplies en peu de temps, mais il restait encore à faire. Comme convaincre la jeune fille d'accepter ses projets.

Sachant qu'elle n'apprécierait pas son amusement, il réprima un sourire.

— Veux-tu manger à table ou préfères-tu que je t'apporte une assiette?

— Quoi! s'exclama-t-elle, la main sur le cœur. Tu me laisses un choix? Laisse-moi en prendre note!

Traversant la pièce, il alla s'asseoir sur une chaise, près d'elle.

— Il fallait faire beaucoup en peu de temps, Marjory. J'ai le personnel et les relations qu'il faut pour cela. Tu as assez à supporter pour le moment sans avoir, en plus, à prendre des décisions.

— Ces décisions me regardent, Paul. Ce devrait être à moi de nettoyer mon appartement et de trouver un endroit où loger en attendant.

— Comme tu es déjà furieuse, autant te dire ce que j'ai fait d'autre.

Les bras croisés sur la poitrine, elle attendit.

— J'ai fait installer un autre téléphone qui fonctionnera sur ton numéro. Ton répondeur y sera relié, au cas où ta sœur appellerait en notre absence.

— Quoi d'autre? fit-elle, résignée.

Soigneusement, il l'observa pour juger de l'étendue de sa colère. Fallait-il ajouter de l'huile sur le feu?

— Tulip va t'apporter quelque chose à porter ce soir. Je pensais que nous dînerions au club.

— Pourquoi? Aurais-tu honte de moi si je ne portais pas ce que tu as prévu?

— Ne sois pas idiote. Tu pourrais aussi bien porter un sac de jute et tu serais toujours la plus belle des femmes. J'ai pensé que tu serais plus à l'aise en étant vêtue de manière appropriée.

Comment s'en offenser? Il avait pris ses sentiments en considération.

— La barbe! Je voulais rester en colère contre toi. Au lieu de cela, j'ai envie de te remercier.

Réprimant un nouveau sourire, il se leva et lui tendit ses béquilles.

— Tu te sentiras mieux après avoir mangé quelque chose. Je ne connais personne qui puisse bien se disputer l'estomac vide.

Elle ne put s'empêcher d'éclater de rire. Il était impossible et arrogant. Et elle avait bien peur de tomber amoureuse de lui.

6

UNE autre surprise attendait Marjory avant la fin de la journée.

Tulip entra, une grande boîte dans les mains, alors qu'ils finissaient leur collation.

C'était la robe qu'elle venait de lui acheter. Paul se leva et tendit ses béquilles à la jeune fille.

– Suis-la. Ce sera plus facile.

Au lieu d'emporter la boîte dans la chambre d'ami, Tulip l'avait posée sur le lit de Paul. Marjory en dépassait la porte quand elle l'appela.

Quand la jeune fille y entra, les béquilles s'enfoncèrent mollement dans la mœlleuse moquette grise. Des meubles sombres occupaient la pièce plus grande que la moitié de son appartement. Tout était en ordre, mais elle ne put s'empêcher de remarquer l'absence de photos de famille ou d'amis.

Sur le mur opposé au lit était accrochée une toile. Elle aurait voulu la regarder plus attentivement mais le froissement du papier attira son attention vers Tulip.

Devant la robe que sortait cette dernière, Marjory resta bouche bée. Étant donné le goût personnel de Tulip, elle s'était attendue à quelque chose de classique. Ce n'était pas le mot qui convenait à cette robe courte, sans bretelles, agrémentée d'un plissé qui partait des hanches.

— Mon Dieu, Tulip, je ne peux pas porter ça!

— Bien sûr que si. Vous n'avez pas un buste très opulent, mais c'est suffisant pour retenir la robe.

— Ce n'est pas ce que je voulais dire, répliqua-t-elle en réprimant un éclat de rire. Je suis infirmière, pas danseuse de music-hall. Je ne me sentirai pas à l'aise, d'en montrer autant. De plus, avec mon plâtre, je vais avoir l'air ridicule.

— Quand vous vous montrerez dans cette robe, personne ne remarquera votre plâtre.

— C'est ce qu'on remarquera, qui me tracasse.

Avec un sourire, Tulip lui tendit le vêtement.

— Ne vous inquiétez pas. Avec lui, personne ne vous tracassera. Sauf lui, bien entendu, ajouta-t-elle avec un petit rire en se dirigeant vers la porte.

— Attendez. Combien vous dois-je?

— Rien. C'est à la charge du corsaire.

Riant toujours, Tulip sortit.

« Qu'y a-t-il de drôle? » se demanda Marjory.

D'après son attitude, elle avait l'impression qu'acheter des vêtements à une femme faisait partie de son travail. Tulip ne lui avait même pas demandé sa taille.

Elle mit la robe devant elle.

— Tu as changé d'avis?

Vivement, elle tourna la tête. Paul était appuyé contre le chambranle de la porte, bras croisés.

– A quel sujet? s'enquit-elle.

– C'est ma chambre. Pas la chambre d'amis.

– Tulip a supposé automatiquement que je dormirai là. Elle y a apporté la robe.

S'éloignant de la porte, il approcha d'elle.

– Et *toi*, tu as automatiquement supposé que je recevais régulièrement des femmes dans ma chambre.

Son parfum arrivait jusqu'à elle, l'envoûtait. Comme si c'était un bouclier, elle se cramponna à sa robe.

– Si elle te va, je suis un homme mort, marmonna-t-il en baissant les yeux sur le vêtement.

– C'est ma taille. Ou bien Tulip a l'habitude d'acheter des habits à tes... euh, invitées, ou elle a un coup d'œil exceptionnel pour juger des tailles féminines.

Paul étudia son expression, avec l'espoir qu'elle était jalouse.

– Elle n'a jamais acheté de vêtements à une femme à ma demande, sauf pour toi.

D'un doigt, il lui souleva le menton pour qu'elle le regarde.

– Veux-tu savoir pourquoi? Parce que ma réputation est fondée sur une image, Marjory. Je ne suis pas l'homme à femmes pour qui l'on me prend. On ne s'attend pas à ce qu'un homme surnommé Corsaire préfère un bon livre, de la musique douce et la peinture.

– Tu as été marié deux fois, Paul. Ce n'est pas exactement vivre comme un moine.

Il se doutait que le sujet finirait par être abordé.

89

Lui ôtant la robe des mains pour la jeter sur la moquette, il la fit asseoir à côté de lui.

— J'avais dix-huit ans lors de mon premier mariage, et plus d'hormones que de bon sens. Ça a duré trois ans. Elle en avait assez de me voir travailler le jour et suivre des cours aux Beaux-Arts le soir. Tout mon temps libre, je le passais devant un chevalet. Quand elle est partie, elle a emporté tout ce que j'avais. A l'époque, ce n'était pas beaucoup, mais ça m'a pris du temps pour revenir au niveau que je voulais.

Ses doigts se mêlèrent aux siens pour lui prendre la main.

— J'ai rangé mes pinceaux et j'ai lancé une société de consultants. Un an plus tard, j'ai rencontré une femme aussi ambitieuse que moi. Cette fois, j'ai abordé le mariage comme un partenariat en affaires. Notre relation était plus basée sur des rapports financiers que sur des déclarations d'amour. Nous avons acheté une maison, parce que c'était un bon investissement. Pas parce que je voulais y élever une famille.

Sa bouche se tordit en un sourire lugubre.

— Heureusement, parce que Janice ne s'intéressait qu'à l'argent. Elle travaillait pour des laboratoires pharmaceutiques et voyageait beaucoup. Nous restions parfois une semaine sans nous voir.

Perdu dans ses pensées, il resta silencieux quelques instants, les yeux fixés sur leurs mains jointes.

— Que s'est-il passé? demanda-t-elle doucement.

– J'ai fini à l'hôpital avec un ulcère. On m'a dit que j'aurais de sérieux ennuis si je ne réduisais pas mes activités. J'ai pris rendez-vous avec Janice à son bureau pour lui dire que je voulais divorcer. Elle a d'abord essayé de m'en dissuader par peur qu'un divorce ne flétrisse son image vis-à-vis de son entreprise. Mais quand je lui ai annoncé que j'avais vendu ma société pour me consacrer à la peinture, elle a appelé son avocat.

Marjory jeta un coup d'œil sur la toile accrochée au mur. Avec son art, cet homme avait retrouvé la paix. Mais à quel prix.

– Comment as-tu fini par ouvrir une boîte de nuit?

– Mourir de faim dans une mansarde n'est pas une chose dont on peut se vanter. Mon ulcère s'est réveillé parce que je ne mangeais pas correctement. J'ai compris qu'il fallait trouver le moyen de travailler tout en continuant de peindre. La femme qui m'avait loué mon studio, m'a demandé un jour si cela m'intéresserait de diriger une discothèque qu'elle possédait. J'ai fini par l'acheter quand Tulip a décidé de prendre sa retraite.

– Tulip possédait *Le Repaire du corsaire*?

– Elle s'appelait *La Goutte de rosée* et n'avait pas été très bien dirigée. Je l'ai rebaptisée, reprise en main, et Tulip a fini par reprendre du service en découvrant que la retraite n'était pas un sort enviable.

Chaque fois qu'il prononçait le nom de Tulip, Marjory déchiffrait dans ses yeux l'affection qu'il lui portait. Elle comprenait maintenant pourquoi il était aussi acharné à retrouver Nichols. Ses ex-femmes lui avaient tout pris et Nichols lui avait volé plus que de l'argent. Il lui avait ravi sa confiance et l'avait piétinée.

— Je ne peins généralement pas de portraits, dit-il, mais je crois que j'aimerais te peindre dans cette robe.

Ses yeux pétillèrent.

— Il te faudrait beaucoup de couleur chair.

Il baissa les yeux et elle se sentit inondée de chaleur lorsqu'il posa la main sur un sein. Son autre main, vint sur l'autre sein et il les moula comme s'il était sculpteur plutôt que peintre.

— Tu es parfaite, murmura-t-il.

Peu importe qui bougea le premier pour rompre la distance entre eux. Seul comptait maintenant le désir désespéré de goûter l'extase que chacun trouverait en l'autre.

Il la renversa sur le lit et elle se cambra, embrasée d'une passion dévorante. Des doigts et de la bouche, il attisa le feu qui brûlait en elle.

Tandis qu'il passait la langue sur ses seins, après lui avoir enlevé son chemisier, elle se mordit la lèvre inférieure pour retenir un gémissement de plaisir.

— Non, grommela-t-il en voyant ses dents blanches sur sa lèvre. Je ne supporte pas ça.

Nouant les mains autour de son dos, elle le fit descendre sur elle. Impatients de toucher sa peau nue, ses doigts s'agitèrent pour sortir la chemise de son pantalon.

92

Lorsque sa chair enflammée se trouva en contact avec ses seins, elle faillit se mordre à nouveau la lèvre, mais il l'en empêcha en lui prenant la bouche.

Les dernières barrières de leurs vêtements disparurent rapidement. Un soupir douloureux s'échappa de Marjory en sentant sur elle ses mains et sa bouche. Le désir s'accéléra lorsque Paul lui écarta les jambes pour trouver en elle sa tiédeur.

Un piège de sensualité se referma sur eux tandis qu'ils s'aimaient au même rythme, perdus à tout ce qui les entourait. La tension s'accrut, insupportable, jusqu'à ce qu'ils s'anéantissent dans un abîme de plaisir sans fin.

Cramponnés l'un à l'autre, ils se remirent lentement et bien du temps s'écoula avant que leur respiration se calme et que les battements de leurs cœurs s'apaisent.

Surpris de pouvoir encore bouger, Paul leva la tête pour la regarder. Les longs cils de Marjory se levèrent lentement sur ses yeux éblouis.

— Dis-moi ce que tu éprouves, murmura-t-il.

— De l'étonnement.

Jamais elle ne se serait crue capable de se donner aussi totalement. Mais jamais elle n'avait été amoureuse. Aucun autre mot ne pouvait décrire ses sentiments, sauf l'amour.

— Depuis que j'ai entendu ta voix au téléphone pour la première fois, j'ai souhaité cela.

Alors qu'elle bougeait pour opposer un démenti à ses paroles, elle le sentit reprendre vigueur.

– Paul...

– Je veux te prendre encore, souffla-t-il contre sa bouche, pour être sûr que tu sois une réalité et pas un rêve.

L'incroyable séquence recommença, avec moins d'impatience, cette fois, mais avec une intensité profonde comme l'obscurité.

Épuisés, ils tombèrent endormis dans les bras l'un de l'autre. Le monde tournerait sans eux pendant un moment.

Paul fut le premier à s'éveiller. S'appuyant sur un coude, il la regarda.

« J'aimerais la peindre ainsi » songea-t-il.

Ses boucles emmêlées encadraient son visage en un glorieux désordre. Ses lèvres étaient encore gonflées des baisers échangés et sa peau de porcelaine rayonnait doucement. La couverture, qu'il avait tirée sur eux avant de s'endormir, dévoilait ses épaules et un sein.

Quelle serait sa réaction en se réveillant ? Il résista à l'envie de l'aimer à nouveau. Il n'aurait que plus de mal à la laisser si c'était ce qu'elle désirait.

Mais comment serait-il capable de la laisser ? Il lui laisserait du temps pour qu'elle s'habitue à leur nouvelle relation, mais pas beaucoup.

Se glissant hors du lit, il se pencha pour ramasser ses vêtements. Près de sa chemise, gisait la robe achetée par Tulip. Il l'installa sur le dosseret d'une chaise . La boîte gisait aussi à terre, et il remarqua qu'elle contenait également des chaussures et des collants.

94

Avant de sortir, il s'arrêta pour lui jeter un dernier regard. Marjory était là où elle devait être – dans son lit. Sa réaction sensuelle avait été totale, sans retenue. Peut-être dirait-elle qu'elle ne voulait pas de lui, mais ce serait un mensonge.

Ce fut peut-être le bruit de la porte qui la réveilla. Ouvrant les yeux, elle se rappela immédiatement où elle était. Avant même de tourner la tête sur l'oreiller, elle sut qu'elle était seule.

Elle aurait dû se sentir soulagée de son absence plutôt que de la regretter. Elle n'était pas certaine de la réaction qu'elle aurait en face de lui et avait hâte de connaître la sienne, à lui.

Quelle honte, s'il parlait négligemment de ce qui venait de se passer.

En s'asseyant, elle vit sa robe, posée sur une chaise. Paul n'avait pas dit à quelle heure ils iraient au club, mais il lui faudrait rassembler tout son courage pour lui faire face. La robe lui ferait peut-être perdre suffisamment d'équilibre pour qu'elle retrouve le sien. Si ce satané vêtement ne tombait pas.

Elle sourit. Á en croire sa réaction devant son corps nu, il perdrait sûrement son équilibre.

Lorsque Paul revint, avec l'intention de prendre une douche, sa salle de bains était occupée. Avec stupéfaction, il se rendit compte qu'il appréciait cet envahissement de son intimité. L'idée que Marjory passe sur sa peau le savon qu'il avait utilisé et emploie ses serviettes pour absorber l'humidité de sa poitrine, de sa taille et de ses cuisses lui plaisait.

Silencieusement, il grommela. Le simple fait de penser à elle le rendait fou. Vivement, il alla sous la douche de la chambre d'amis et fit couler l'eau froide à plein débit.

Un quart d'heure plus tard, il en sortait, une serviette autour des hanches. Sa chambre et sa salle de bains étaient vides quand il y entra. Le lit était fait. L'une de ses chemises était posée sur le lit et il la prit. Le parfum de Marjory s'en éleva, enivra ses sens. Il se réjouit qu'elle l'ait portée en se levant.

– Bon sang, jura-t-il tout bas. Où est-elle?

Ses pieds nus s'enfoncèrent dans la moquette tandis qu'il traversait le salon, la salle à manger, et enfin la cuisine. Personne.

Sa montre indiquait presque sept heures. Luttant contre la panique qui montait en lui, il attrapa le téléphone pour composer le numéro de Tulip.

– Où est-elle? demanda-t-il dès qu'elle décrocha.

– Bonsoir, Corsaire, s'esclaffa-t-elle. Je suppose que vous voulez parler de Mlle Claryon?

– Vous le savez bien! L'avez-vous vue?

– Du calme. Elle est descendue voir son chien. Ensuite, elle a voulu savoir comment allait M. Bowers, alors j'ai demandé à Baxter de le faire descendre. Ils sont au club, à votre table. Je viens de les y laisser. Jeremiah Bowers est un amour.

– Vous l'avez laissée là toute seule?

– Oh, elle n'est pas seule, répliqua Tulip amusée. Elle a de la compagnie.

– Dites-moi qu'elle ne porte pas cette robe, fit-il, les doigts crispés sur l'appareil. Je ne veux pas qu'elle la porte en public si je ne suis pas avec elle. Allez la rejoindre jusqu'à ce que j'arrive.

– Mais...

– Tout de suite, Tulip.

Avant que la ligne ne soit coupée, il l'entendit rire. D'un coup sec, il raccrocha.

Lorsque Paul arriva à leur table, Marjory riait de ce que racontait Tulip. Quand elle le vit, ses yeux changèrent. Un chaleureux éclat remplaça l'amusement.

Les deux hommes qui traînaient non loin s'évanouirent dès que Paul eut jeté sur eux son regard d'acier.

Comment blâmer les autres de lui faire les yeux doux? Et ce n'était pas seulement dû à sa robe, bien que sa tendre chair nue fût réellement attirante. S'il l'avait pu, il lui aurait jeté sur les épaules sa veste de smoking.

Elle était à lui. Et plus vite on s'en rendrait compte, mieux cela vaudrait.

Avant de s'asseoir à côté d'elle, il lui prit la main pour en baiser la paume.

– Plus besoin de mettre un panneau ou une annonce dans le journal, lança Tulip d'un ton léger. Je crois que tout le monde a compris.

– C'était soit cela, soit faire mettre par Baxter du barbelé autour de la table, rétorqua-t-il avec un sourire ironique. Avez-vous besoin d'aide pour le chien de Marjory ou pouvez-vous l'emmener seule chez vous?

– C'est un ange, pas de problème.

Se penchant vers Marjory, elle lui tapota le bras.

– On me signifie de partir. Souvenez-vous de ce que je vous ai dit, c'est un bon conseil.

– Je m'en souviendrai. Merci de prendre soin d'Ivan, j'espère que cela ne sera pas pour longtemps.

Comme elle la regardait s'éloigner, Paul lui demanda :

– Quel conseil t'a-t-elle donné?

– C'est sans importance.

Sa riposte le fit sourire, puis, redevenant sérieux :

– Il faut que nous parlions de cet après-midi.

Elle hocha la tête. Quelques questions avaient reçu leur réponse quand il lui avait baisé la main. Mais il y avait plus.

– C'est moi qui paierai cette robe.

Si elle lui avait envoyé son verre à la figure, il n'aurait pas été plus surpris.

– Sinon, j'aurai l'impression que c'est une sorte de paiement pour être allée au lit avec toi, expliqua-t-elle en lui couvrant la main de la sienne.

Son regard se teinta d'émotion.

– Ce n'est pas le cas, Marjory. Mais si cela te soucie tant, nous pouvons remonter dans ma chambre. Je serai trop heureux de te l'enlever.

Ses joues s'empourprèrent légèrement tandis qu'une onde de désir s'insinuait dans le bas de son corps. Son sang se fit plus épais, plus chaud dans ses veines et une boule se forma dans sa gorge.

– Quel corsaire tu es, Paul!

– Je ne suis qu'un homme, yeux verts. Et qui te désire énormément.

Une voix masculine interrompit leur conversation.

– Marjory?

– Oh, bonjour Eric, fit-elle en levant la tête.

Comme elle ne le présentait pas, il tendit la main à Paul :

– Je suis Eric Thomasville, bras droit du sénateur Cameron.

Paul lui serra la main en déclinant son nom. L'air amusé, il remarqua que le jeune homme l'examinait de près, et observait leurs mains jointes sur la table.

– Êtes-vous un parent de Marjory? Je ne me souviens pas l'avoir entendu mentionner votre nom, fit Eric.

– Non, répondit seulement son interlocuteur.

– Paul est propriétaire du *Repaire du corsaire*, Eric, expliqua Marjory, sachant que le jeune homme serait impressionné.

Il hocha la tête.

– Si nous n'avions pas déjà commandé, je vous aurais invité à vous joindre à nous. Une autre fois peut-être.

Soudain, il claqua des doigts comme si une idée lui venait à l'esprit.

– Au fait, j'ai vu quelqu'un que tu connais, hier. Ou était-ce avant-hier? Non, hier. Une journée éreintante, tu sais. Un déjeuner tardif, des rendez-vous à n'en plus finir, tu comprends. Quand le congrès veut quelque chose, il faut que ce soit fait aussitôt.

N'écoutant qu'à moitié la vaniteuse litanie, elle l'interrompit :

– Qui as-tu vu ?

– C'était à l'une des marinas. Nous devions déjeuner au *Yacht Club* avec le père de Valencia, et nous nous sommes trompés de route. Je me suis arrêté pour demander le chemin à un couple qui déchargeait sa voiture et je me suis rendu compte que c'était ta sœur Laura.

Avec un semblant de sourire, il ajouta :

– Elle n'a pas eu l'air spécialement heureuse de me voir. Partait-elle en week-end illicite ?

Au nom de sa sœur, Marjory se tendit. Peu dési-reuse qu'Eric se rende compte de l'importance de sa remarque, elle demanda du ton le plus naturel possible :

– Qu'est-ce qui te fait penser qu'elle s'en allait ?

– Elle et son compagnon avaient suffisamment de provisions pour plusieurs semaines. Ils les chargeaient sur un voilier. Quand je lui ai demandé s'ils partaient aux Bahamas, elle m'a seulement répondu en riant qu'ils n'allaient pas si loin. Je n'ai pas pu l'interroger sur sa destination parce que son ami l'a appelé du bateau pour qu'elle se dépêche.

Marjory et Paul échangèrent un regard. Avant d'avoir pu demander à Eric d'autres détails, celui-ci tira d'un portefeuille en cuir une carte de visite qu'il tendit à Paul.

100

– Appelez-moi, un de ces jours. Nous déjeunerons ensemble. Je vais retrouver Valencia. Ravi de t'avoir revue, Marjory.

Comme il s'éloignait, Marjory regarda Paul déchirer lentement en deux la carte de visite avant de la laisser tomber dans le cendrier.

– Tu ne veux pas déjeuner avec Eric? ironisa-t-elle.

– Pour rien au monde.

– Malgré tout, sans Eric, nous ne saurions pas que Laura et Nichols sont quelque part en bateau. Comment ai-je pu oublier ce bateau!

Les bras appuyés sur la table, elle se pencha en avant. Paul découvrit qu'il s'intéressait plus aux rondeurs de sa poitrine qu'à ce qu'elle lui racontait sur sa sœur.

– Laura a toujours vécu au-dessus de ses moyens. Elle dépense tout son salaire au moment où elle le touche. Cette année, elle a investi dans un voilier avec deux collègues de travail. Une seule d'entre elles sait naviguer, mais Laura aimait cette idée d'avoir un bateau pour s'y pavaner en bikini.

– Il ne nous reste plus qu'à trouver un bateau parmi les milliers qui naviguent entre ici et les Bahamas.

– Eric a dit qu'ils n'allaient pas aussi loin. Je peux demander aux autres copropriétaires si elles savent où partait Laura.

Vu l'énergie qu'il avait déployée depuis une semaine pour retrouver Nichols, Paul s'étonna de ne pas avoir envie d'en discuter pour le moment.

— Thomasville a l'air de bien te connaître. Comment cela se fait-il?

Ce n'était pas la question qu'elle attendait.

— J'ai rencontré Eric à une soirée à laquelle m'avait traînée Laura il y a un an. C'était dans une belle maison. Je ne sais pas comment elle avait réussi à nous faire inviter, mais beaucoup de gens la connaissaient. Quand Eric m'a demandé de sortir avec lui, je me suis sentie flattée. Nous allions dans les meilleurs endroits, généralement en limousine, nous rencontrions des personnages importants, nous dînions de mets exotiques. Côtoyer des sénateurs et des hommes du congrès ne pouvait que tourner la tête à une fille de la campagne.

— Et quand t'es-tu lassée de côtoyer ce beau monde?

— Quand ma capacité d'ennui et mon compte en banque se sont effondrés. Avec un salaire d'infirmière, c'est difficile de s'offrir la garde-robe qu'exige ce genre de vie. Je me suis lassée aussi d'entendre Eric me dire que je n'étais pas habillée assez correctement ou de ne pas rire aussi fort en public.

— As-tu dormi avec lui?

La fureur étincela dans ses yeux.

— Ne vous laissez surtout pas arrêter par les bonnes manières, monsieur Rouchet. Soyez aussi brutal et net que vous voudrez.

— C'est bien ce que je fais. Tu n'as pas répondu à ma question : as-tu dormi avec lui?

— Non, fit-elle avec humeur. Ce n'était pas ce genre de relation.

— Ne me raconte pas que vous étiez seulement copains. Ou bien ce type est un eunuque. Mais j'ai bien vu qu'il avait envie de t'emmener au lit.

Humilée, sa voix se fit rauque.

— Et tu crois qu'il l'a fait, parce que toi tu l'as fait?

— Ne sois pas idiote. Ce n'est pas ce que je pense.

— Vu ce qui s'est passé entre nous, tu me prends pour une fille facile.

Avant qu'il ait pu répondre, elle repoussa sa chaise et prit ses béquilles. Si seulement, elle avait pu sortir du club à pas furieux, mais il lui fallait clopiner!

Il l'appela, mais elle ne s'arrêta pas. Il fallait qu'elle s'en aille. Un peu plus tôt, elle s'était demandé ce qu'il avait pensé de partager son lit. Maintenant, elle le savait.

7

CE n'est qu'une fois hors du club, que Marjory se rendit compte que Paul l'avait suivie. L'air frais de la nuit sur sa peau nue la fit frissonner. Elle n'avait pas la moindre idée de l'endroit où elle allait, mais vêtue comme elle l'était, il fallait qu'elle se décide vite.

Une veste de smoking qu'on posait sur ses épaules la fit sursauter. Elle se dégagea des mains de Paul.

— Je ne veux pas de ta veste. Je ne veux rien de toi.

— Ne sois pas stupide. Il fait froid.

— Il y a deux secondes, tu me traitais d'idiote. Maintenant, je suis stupide.

S'arrêtant brusquement, elle lui fit face. Ils étaient dans l'entrée de l'hôtel et elle secoua les épaules pour en faire tomber la veste.

— Je ne retourne pas chez toi. D'ailleurs, je n'aurais jamais dû y aller.

— D'accord. On ne va pas à l'appartement, mais garde ça, fit-il en ramassant le vêtement pour le lui remettre sur les épaules.

– Je suis fatiguée de t'entendre dire ce que je dois faire.

– C'est ça, marmonna-t-il, à bout de patience.

D'un rapide mouvement, il glissa le bras sous ses genoux et la souleva. Les béquilles résonnèrent sur le trottoir et il les enjamba. Par-dessus son épaule, il cria :

– Ralph. Rentrez les béquilles. Elle n'en aura pas besoin.

Sans attendre de réponse, il avança, s'éloignant de l'hôtel. Après s'être débattue, Marjory se calma.

De l'autre côté du parking s'élevait un petit entrepôt. A la porte, il se libéra une main pour agir sur la serrure électronique et, au déclic, poussa la porte de l'épaule. Le seuil franchi, il emprunta aussitôt l'escalier.

En haut, il ouvrit une autre porte à l'aide d'une autre serrure électronique. Une fois entré, il appuya sur l'interrupteur avec son coude. La lumière inonda une grande pièce. Tout en haut, Marjory vit des chevrons nus dans le plafond; d'épais piliers montaient du sol jusqu'en haut. Une fois qu'il l'eut posée sur un divan moelleux, elle en découvrit plus.

Près d'elle se trouvaient un rocking-chair et des étagères qui soutenaient une chaîne stéréo, une petite télévision et des livres. Un grand tapis oriental décoloré couvrait le plancher.

Plus loin, elle vit un chevalet avec une toile recouverte d'un tissu. Une palette et des tubes de couleurs garnissaient une petite table. Des toiles sans cadre étaient empilées par terre, face au mur.

Elle comprit où elle était : dans le studio de Paul.

Sa colère s'était évanouie. La fatigue s'abattait sur elle comme une épaisse couverture de laine.

— Pourquoi m'as-tu amenée ici, Paul?

Comme s'il étouffait, il tira sur sa cravate et défit les deux premiers boutons de sa chemise.

— Tu ne veux pas aller chez moi et nous ne pouvons pas aller chez toi. Nous aurions pu tourner en voiture le reste de la nuit mais j'ai besoin de mes deux mains pour t'étrangler.

— Pourquoi? Parce que j'ai retrouvé mon bon sens?

Aussi épuisé qu'elle, il se laissa tomber dans le rocking-chair et étendit ses longues jambes.

— Je dirais plutôt que tu l'as perdu.

— Tu as peut-être raison, soupira-t-elle. Je n'ai pas montré beaucoup d'intelligence ces derniers jours.

Son regard se posa sur la douce rondeur de ses seins, visibles par l'échancrure de la veste.

Avec un grand effort sur lui-même, il revint à la conversation.

— Regrettes-tu de m'avoir aimé?

— Non, répondit-elle. Pas du tout.

— Es-tu mécontente parce que nous nous sommes aimés, quoique nous ne nous connaissions pas depuis longtemps?

Elle secoua la tête.

— Je ne crois pas que tu sois une fille facile, Marjory.

Ce n'est pas ce que j'ai voulu dire en te questionnant sur Thomasville. Je te l'ai demandé parce que je ne supportais pas l'idée de te savoir avec un autre homme. Je n'ai jamais été jaloux auparavant. Excuse-moi si je ne m'en sors pas très bien.

Les yeux ronds, elle le regarda.

– Tu étais jaloux ?

– Je ne sais pas comment appeler cela autrement. J'avais envie de le mettre à la porte du club pour la seule raison qu'il te connaissait.

– Paul, fit-elle en hésitant. Tu m'as dit que tu ne voulais pas t'engager. La jalousie n'a pas sa place dans une relation de camaraderie.

Il alla s'agenouiller devant elle et lui couvrit les mains.

– Je ne sais pas ce que c'est, Marjory. Mais je le découvrirai.

Comme pour refuser ce qu'il disait, elle secoua la tête.

– Tout arrive trop vite, Paul. Et tes recherches pour retrouver Nichols ?

– Je le retrouverai.

– Et mon appartement ?

– On le fera nettoyer.

– J'ai la cheville cassée.

– Elle guérira.

– Tu as réponse à tout, hein ? fit-elle, sourcils froncés.

Tout en se relevant, il la tira par les mains pour qu'elle se mette debout.

– Pas à tout. Je ne sais pas pourquoi je te désire

autant, pourquoi je ne peux pas m'empêcher de te toucher.

Lentement, elle baissa les paupières tandis que ses lèvres lui effleuraient l'oreille puis le haut de la poitrine. Malgré ses protestations, son corps s'abandonnait à celui de Paul.

— Paul, cela ne mène à rien.

— Ouvre les yeux. Regarde-moi, Marjory.

Presque à regret, elle obéit.

— Dis-moi que tu ne le veux pas et j'arrêterai, même si c'est très difficile. Tu n'as qu'à me dire que tu ne veux pas mes mains sur toi, que tu ne veux pas de mes caresses.

A ses paroles, sa résistance faiblit. Ses mains se posèrent sur la fermeture de sa robe. Elle était perdue.

Une heure plus tard, Marjory était assise sur le divan, vêtue de la chemise de Paul. Lui-même avait enfilé un jean et une chemise assortis. Ayant découvert du saucisson et du fromage, il les apporta avec une bouteille de vin.

Après quoi il commença à dessiner sur son plâtre avec un feutre noir.

Il s'arrêta pour la regarder. Une jambe repliée sous elle, celle avec le plâtre posée sur les cuisses de son compagnon, elle tenait son verre à la main. Le col de sa chemise était remonté sur sa gorge délicate et ses cheveux étaient emmêlés. Une douce lueur rayonnait dans ses yeux et il se plut à penser qu'il en était la cause.

— Voilà, murmura-t-il au bout d'un moment.

Ce ne sera pas exposé au Louvre, mais ça fera l'affaire.

Elle se pencha pour regarder. Il avait dessiné une caricature de lui-même et avait ajouté un bandeau noir sur l'œil et un bandana autour de la tête. C'était l'emblème du club. C'était aussi une affirmation de propriété.

— Très bien, souffla-t-elle, n'osant pas ajouter qu'on lui retirerait bientôt son plâtre et qu'elle perdrait ainsi la marque qu'il venait d'apposer.

— As-tu toujours voulu être un artiste ? reprit-elle.

Le changement de sujet l'étonna.

— Je ne sais pas à quel moment j'ai compris que la peinture était une nécessité et non pas un passe-temps. Du plus loin que je me souvienne, j'ai toujours dessiné sur tout ce que je trouvais : des sacs d'épicerie, les dos d'enveloppes, même sur la buée qui se formait sur les vitres de ma chambre. Plus tard, j'ai gagné de l'argent en tondant des pelouses pour acheter des blocs. Ce n'est que lorsque j'ai commencé à prendre des cours de dessin, au lycée, que j'ai appris quel papier et quels crayons choisir.

— Tes parents trouvaient que c'était gâcher de l'argent que de t'acheter ce qu'il te fallait ?

Son doigt courut sur ce qu'il avait tracé sur le plâtre.

— Mon père était alcoolique. Tout son salaire partait en beuveries.

— Et ta mère ?

— Mon père m'a dit qu'elle était morte quand j'avais trois ans.

– Où est ton père maintenant?

– Il est mort quand j'avais quinze ans, ce qui veut dire que j'ai dû travailler pour me payer mes études.

A l'idée de la solitude qu'il avait connue, elle croisa étroitement les bras autour d'elle.

– Mon enfance a été diamétralement opposée. J'ai l'impression d'avoir toujours été avec mes parents. Leur ferme était loin de toute autre habitation et comme mon père était timide, nous ne voyions pas grand monde. Nous étions toujours ensemble, sauf quand Laura et moi allions à l'école.

– Comment ont-ils ressenti votre départ?

– Ma mère a compris, pas mon père, dit-elle, les yeux embués. Elle nous écrit, mais lui ne veut plus entendre parler de nous.

– Il ne s'attendait tout de même pas à ce que vous restiez toujours à la ferme! s'exclama-t-il en lui prenant la main.

– Si. C'est ce qu'il espérait.

Maintenant, il comprenait mieux son souci épineux d'indépendance. Elle préférait ne compter que sur elle-même, plutôt que de courir le risque que quelqu'un ne décide à sa place de sa vie. Il se promit d'y veiller.

– Demain sera une journée très occupée. Il faut dormir, dit-il gentiment.

– Ici? marmonna-t-elle tandis qu'il l'aidait à s'allonger sur le divan.

– J'ai un très bon lit chez moi, mais tu ne veux pas y aller. C'est mieux que le plancher, ajouta-t-il en s'étendant à côté d'elle.

110

Elle roula sur le côté pour lui laisser de la place.

— Et comme ça? demanda-t-il en la tirant sur lui. Pas de discussion?

— Non, sourit-elle en sentant sa main glisser sous la chemise pour lui caresser le bas des reins. Mais je croyais que tu étais fatigué?

— J'ai seulement dit qu'il fallait dormir parce que demain serait une journée très occupée.

— Tu recommences! Tu traces des plans pour moi sans m'en parler. Je suis diplômée, je suis une infirmière qualifiée, je sais garder un secret, je ne fais pas de ragots, j'ai toujours su prendre mes décisions, et jusqu'à ces derniers jours, je me suis occupée de moi sans aucune aide.

« Elle essaie de me faire comprendre quelque chose » songea-t-il.

Mais il perdait tout intérêt à la conversation. Le désir qu'il avait d'elle éclipsait tout, même sa quête de Nichols.

— Je ne t'ai pas demandé de références, protesta-t-il tout en l'étreignant.

— Tu prends des décisions, mais tes projets pour demain ne me plaisent peut-être pas.

Un sourire se dessina sur ses lèvres en sentant ses hanches onduler de façon provocante au contact de ses mains. C'était la femme la plus sensuelle qu'il ait jamais connue et elle ne s'en rendait pas compte. Ce qui contribuait à son charme.

— Je n'ai pas envie d'avoir une discussion avec toi alors que je ne pense qu'à t'aimer, protesta-t-il.

Elle lui effleura les lèvres de la langue.

— Nous discuterons demain matin.

Le lendemain, ils formaient un étrange spectacle en entrant à l'hôtel. Elle, surtout. Les pans de la chemise qu'elle avait revêtue battaient contre le plissé de sa robe. Elle eut du mal à prendre un air digne, tandis qu'il la portait vers l'ascenseur.

Une fois chez lui, il l'assit sur une chaise.

— Cela m'est égal si toutes mes affaires sentent la dinde brûlée, mais il me faut des vêtements. Je ne vais pas porter ça toute la journée, dit-elle, sourcils froncés.

— Appelle Tulip. Elle ira t'acheter ce que tu veux à la boutique du coin. Pendant ce temps, je vais prendre une douche.

Comme elle passait la plupart de ses journées en uniforme blanc, elle préférait porter des vêtements classiques et confortables hors de l'hôpital.

— Que faire? se demanda-t-elle en se regardant.

Elle n'avait guère le choix. Il fallait que Tulip fasse ses achats. Mais cette fois, elle lui donnerait des instructions précises. Pas de problème, il suffirait d'indiquer la couleur, la taille et le modèle.

— Elle ne m'aime pas, Paul, geignit Marjory. S'efforçant de garder l'air sérieux, il tourna autour d'elle.

— Tu es très...bien.

— Ce n'est pas du tout ce que j'avais en tête quand j'ai demandé à Tulip un pull blanc classique et une jupe noire, fulmina-t-elle en s'acharnant sur le sweater trop grand.

112

S'arrêtant devant elle, il tira sur l'encolure du pull qui retomba aussitôt, lui dévoilant l'épaule.

– Il est blanc, souligna-t-il

– Mais trois fois trop grand, gémit-elle.

– La jupe est noire.

– Paul, elle est en cuir et courte jusqu'à l'indécence.

Comment se retenir? Elle était si mignonne quand elle était en colère. Il éclata de rire et la prit dans ses bras.

– J'ai peur de regarder les autres choses qu'elle a achetées. Mais je te rembourserai, ajouta-t-elle.

– Je t'enverrai la facture.

« Super, songea-t-elle. Je l'ajouterai à toutes celles qui sont dans le tiroir de la cuisine ».

– Maintenant que je suis habillée à la mode, reprit-elle, je suis prête à partir pour la Caroline du Nord.

– Tu es sûre que ta sœur y est?

– C'est ce que m'a dit l'une des copropriétaires du bateau. Laura l'a appelée il y a quelques jours pour savoir si la villa de ses parents, à Nags Head, était libre et si elle pouvait l'occuper une semaine. Avant-hier, elle est venue chercher les clés et lui a demandé le chemin pour s'y rendre. Il me paraît évident que c'est là qu'ils vont.

– Ce serait plus facile d'y aller en voiture que par mer. Mais Nichols craint peut-être que la police ne connaisse son numéro de plaque minéralogique.

– Nous devenons de bons détectives, lança-t-elle avec un sourire espiègle. Nous avons l'adresse. Il ne nous reste qu'à y aller pour prendre nos deux voleurs.

Il lui embrassa le bout du nez.

– Pendant que tu te préparais, j'ai appelé l'aéroport. Malheureusement, il y a une menace d'orage tropical sur cette zone, les vols sont donc supprimés. Il faut prendre la voiture.

– Peut-être Laura a-t-elle imaginé une ruse au cas où on les suivrait. Et s'ils allaient dans la direction opposée?

– Je ne crois pas. Sans vouloir t'offenser, ta sœur n'est pas de l'étoffe dont on fait les grands escrocs. Sauf erreur, Laura pense qu'il a voulu partir en bateau pour un voyage romantique.

– A ton avis, elle ne sait pas que Nichols a volé?

– Si elle l'avait su, fit-il en secouant la tête, elle n'aurait pas vidé ton compte en banque.

C'était ce qu'elle avait fait remarquer aux détectives. Paul était donc d'accord avec son point de vue. C'était bien de Laura de prendre l'argent pour s'acheter des vêtements afin d'impressionner un homme. Jamais elle ne se serait engagée dans quelque chose d'illégal. Elle pouvait être frivole et irresponsable pour certaines choses, mais elle n'était pas malhonnête.

– Il y a tant à faire, soupira-t-elle. Il faudrait que je supervise le nettoyage de mon appartement.

– Non. J'ai loué les meilleurs services. Ils le laisseront immaculé.

– Il faudrait que j'aille voir comment va M. Bowers.

114

– Il va bien. Il nettoie ses trains.

– Et Ivan?

– Quand Tulip est partie de chez elle ce matin, il courait joyeusement après une balle dans le jardin.

– Alors, en route pour la Caroline du Nord, soupira-t-elle, résignée.

Après leurs six heures de route, ils s'arrêtèrent dans un restaurant proche de Nags Head. Tout en attendant qu'on les serve, Paul passa quelques coups de téléphone et, à son retour, annonça qu'il était parvenu à louer une petite villa, dans le voisinage de celle où était censée être sa sœur.

– L'agent immobilier m'a dit qu'il y avait eu plusieurs résiliations à cause de la tempête annoncée.

– Cela n'a pas l'air de te plaire, souligna-t-elle, devant son expression songeuse.

– C'est trop facile. Dan Nichols est un homme intelligent qui n'a pas décidé en un jour de détourner des fonds. Il avait tout prévu et cela ne lui ressemblerait pas d'avoir pris une piste aussi facile à suivre. Il est bien trop rusé.

– Mais il ne se doute pas que nous savons que Laura est avec lui. Cette réponse coupa court à ses doutes.

– Tu as raison. Allons voir, fit-il, en lui tendant ses béquilles, une fois qu'il eut payé.

Pendant le temps qu'ils étaient restés au restaurant, les conditions météorologiques s'étaient dégradées. Une bourrasque arracha la porte des mains de Paul. Il ne pleuvait pas encore, mais les nuages étaient lourds de menaces...

A l'agence immobilière, il demanda à la femme de bien vouloir téléphoner au numéro qu'il lui donnait et de demander Laura Claryon.

– Nous ne voulons pas l'appeler nous-mêmes; c'est pour lui faire une surprise, expliqua-t-il.

Peut-être la femme trouva-t-elle cette requête étrange, mais elle obtempéra. Personne ne répondit.

Sur le trajet vers la villa, le temps s'aggrava. Les branches des arbres et les feux de croisement se balançaient sous la violence du vent, et Paul dut faire un écart pour éviter une poubelle qui roulait dans la rue.

En passant devant la maison où devait loger Laura, ils remarquèrent que tout était noir.

– Ils ont peut-être changé d'avis, fit Marjory en se démanchant le cou pour regarder.

– Ou ils ne sont pas encore arrivés. Tu as dit toi-même que Laura ne savait pas naviguer. Nichols n'est peut-être pas plus expérimenté et le temps ne doit pas les aider, s'ils sont sur l'eau.

– Tu ne crois pas qu'ils sont en danger, n'est-ce pas?

– S'il y a une chose à laquelle tient Nichols, c'est à sa peau. Il s'arrêtera dans un port, s'il y a du danger.

La villa qu'ils avaient louée était de plain-pied; Marjory n'aurait pas à se débattre avec l'escalier.

La vue magnifique compensait l'absence de mobilier. Apparemment, les propriétaires n'avaient laissé que le strict nécessaire. Marjory avança prudemment vers la fenêtre, sur le plancher nu.

Avec le vent qui ébranlait la maison et une seule lampe pour éclairer la pièce, l'atmosphère était intime et confortable. Ils auraient pu se croire seuls au monde.

La seule chose qu'ils avaient oubliée, c'était la nourriture.

– Ce sera plus facile si j'y vais seul, remarqua Paul. La tempête empire et tu seras tout de suite trempée.

– Je sais, marmonna-t-elle. Je me sens inutile et j'ai horreur de ça.

– Ça ne sera plus long, souffla-t-il en sortant.

« Quoi donc ? songea-t-elle. Le fait d'avoir mon plâtre ? De poursuivre Laura et Nichols ? Ou le temps que nous avons à passer ensemble ? »

8

Lₐ tempête s'était intensifiée, accroissant l'inquiétude de Marjory. Paul était dehors par ce temps, et Laura. Était-elle en sûreté?

Trempé jusqu'aux os, Paul revint enfin, un sac dans chaque bras. Il lui fallut deux autres voyages jusqu'à la voiture pour tout rentrer, y compris la valise faite à la hâte avant de quitter Alexandrie.

En clopinant, Marjory alla à la cuisine, séparée du salon par un large comptoir.

Comme Paul l'y rejoignait, les lumières s'éteignirent.

— Ne bouge pas, Marjory. Attend que je trouve les bougies que j'ai achetées.

A tâtons, ils cherchèrent dans les sacs. Un paquet de chips crissa sous les doigts de Paul.

— Comme l'électricité sautait, à l'épicerie, j'ai pris des bougies et des choses à grignoter, au cas où...

Un éclair illumina brièvement la pièce, permettant à Marjory de trouver ce qu'ils cherchaient.

— Il ne manque plus que les allumettes.

En passant la main sur le comptoir, Paul sentit un objet familier.

— Notre généreux propriétaire a dû oublier de les enlever.

— Il ne doit pas avoir grande confiance, dit-elle en lui tendant une bougie. J'ai remarqué que la lampe était enchaînée à la table.

— Il a dû avoir une mauvaise expérience avec des touristes.

A la lueur de la flamme, il la regarda.

— Je suis désolé, Marjory. Je n'ai pas pu faire mieux en si peu de temps.

— C'est propre, sec, et nous avons l'eau courante, sourit-elle. Que demander de plus?

— Un lit confortable et un repas chaud, par exemple. Il n'y a pas de draps et je ne sais pas cuisiner dans une cheminée.

— Écoute, corsaire, c'est mieux que de camper dehors ou de dormir dans la voiture.

Elle aurait pu ajouter le plus important : « Et nous sommes ensemble ».

Dix minutes plus tard, un feu flambait dans la cheminée du salon. Paul prit les coussins du canapé pour les installer par terre, devant l'âtre.

— Prends-moi la main, je vais t'aider à t'asseoir, dit-il avec un geste vers la jeune femme. Ce ne sera peut-être pas confortable, mais au moins, tu auras chaud.

— En regardant ses vêtements mouillés, il ajouta : il faut que tu te déshabilles.

Comme il hésitait à répondre, elle s'exclama :

— Tu ne vas tout de même pas ressortir!

– Marjory... commença-t-il, conscient qu'elle n'apprécierait pas cela.

– Tu es fou, regarde, fit-elle en tendant le bras vers la fenêtre.

Le vent était devenu, si possible, encore plus violent et soufflait la pluie contre les carreaux avec une force incroyable. De temps en temps, un tourbillon de sable s'élançait contre la vitre.

Paul lui passa la main dans les cheveux, caressa la ligne de sa mâchoire.

– En revenant de l'épicerie, je suis passé devant le pavillon de Laura et Nichols. Il y avait de la lumière. Bien que ce fût difficile de voir à travers la pluie, j'ai aperçu deux silhouettes. Ce pourrait être eux.

– Si tu sais qu'ils sont là, pourquoi veux-tu ressortir, protesta-t-elle, ennuyée.

– Je ne suis pas sûr que ce soit eux. Je veux vérifier.

– Et comment ? Enfin, Paul, tu pourrais te blesser dehors.

« Elle s'inquiète pour moi, songea-t-il, inondé de joie. Ses yeux reflètent la peur. Et c'est pour moi ! ».

– Marjory, tout ira bien. Ce n'est qu'un peu de vent et d'eau.

– C'est comme si tu disais que Noé a construit l'arche pour une giboulée de printemps.. Et c'est une comparaison de circonstance, vu que nous pouvons être inondés à tout moment.

– La tempête joue en ma faveur. Je vais pouvoir les espionner sans me faire remarquer.

– Pourquoi ne pas avertir la police? Ils peuvent aller vérifier et te faire un rapport.

– Je ne veux pas impliquer la police d'ici. Ca pourrait être compliqué de le rapatrier en Virginie.

– Je n'aime pas ça!

La prenant par le bras, il la fit descendre doucement sur les coussins. Bien que tenté de placer ses béquilles hors d'atteinte, au cas où elle aurait voulu le suivre, il les posa à côté d'elle.

Agenouillé devant elle, il lui prit le menton.

– Je serai de retour en moins de rien.

Son baiser trop rapide la laissa sur sa faim. Avant d'ouvrir la porte, il se retourna vers elle puis sortit sous la pluie.

Irritée de cette inactivité forcée, elle le suivit en pensée. Que ferait-elle, s'il lui arrivait quelque chose? Ce n'était pas comme si elle pouvait aller voir ce qui se passait, s'il ne revenait pas. Ses béquilles s'enfonceraient dans la boue à chaque pas. Si le vent ne la jetait pas déjà par terre.

« Je lui donne deux heures » se dit-elle.

Qu'il le veuille ou non, après ce délai, elle irait le chercher. Nichols n'était peut-être pas violent, mais il pouvait le devenir, se sentant acculé.

A l'origine, c'était son désir extrême de retrouver le comptable qui les avait réunis. Mais une fois Nichols découvert, se verraient-ils encore?

Faire l'amour, ce n'était pas tomber amoureux. Paul pouvait vouloir l'un sans désirer l'autre.

Au début, il l'avait avertie qu'il ne voulait ni se marier ni s'engager. A l'époque, elle était d'accord. Maintenant, elle souhaitait plus qu'une brève aventure passionnée où ils ne partageaient qu'un lit et la quête de deux voleurs.

Toute l'heure suivante, elle attendit dans les hurlements de la tempête.

Le délai de deux heures qu'elle avait fixé était presque écoulé lorsqu'elle entendit le loquet de la porte. Poussé par la pluie et le vent, il entra et une mare se forma à ses pieds.

— Ça va? demanda-t-il en arrachant sa chemise.

— J'allais te demander la même chose.

— A part le fait d'être trempé, tout va bien. Je vais déjà prendre une douche chaude et puis je te raconterai ce que j'ai découvert.

Elle n'avait pas le choix. Il lui fallait encore attendre.

« Je deviens experte en cet art » songea-t-elle amèrement.

Au moins, elle savait qu'il était sauf. Pour s'occuper, elle alla préparer des sandwichs. Une tasse de café eût été la bienvenue, mais sans électricité comment faire?

Quand Paul revint dans le salon, il la chercha immédiatement des yeux. Surpris, il constata que c'était devenu une habitude de vouloir la regarder dès qu'il entrait quelque part. Elle était assise sur un coussin, et la lueur du feu dansait sur ses cheveux et sur sa peau. En la voyant ainsi, il sut que c'était plus qu'une habitude. C'était une nécessité.

Ses longues jambes tendues vers l'âtre, il s'assit à côté d'elle.

– Ça va mieux? demanda-t-elle.

– J'avais oublié ce que c'était d'être sec.

– J'ai préparé des sandwichs. Ils sont sur le comptoir.

– Je n'ai pas faim, fit-il en secouant la tête. Plus tard, peut-être.

– Allez, raconte, dit-elle, résistant à la tentation de lui passer la main dans les cheveux.

– Déjà, j'ai mis plus de temps que je ne pensais pour arriver au pavillon. Il y avait des objets sur la route, comme une boîte à lettres ou un portail. Comme je n'avais pas de lampe électrique et qu'il n'y a pas de lumière dans les rues, c'était difficile de ne pas trébucher.

Impatiente, elle coupa dans le vif du sujet :

– Les as-tu vus?

– Les doubles rideaux étaient si soigneusement tirés partout que je ne voyais que des ombres. Alors j'ai décidé d'obliger Nichols à se montrer.

– Comment cela?

Un sourire gamin s'inscrivit sur ses lèvres.

– J'ai jeté une pierre contre la porte.

– Alors? s'esclaffa-t-elle.

– Comme je m'y attendais, il n'a pas ouvert, mais il a soulevé le rideau à côté de la porte pour regarder. D'où j'étais, je l'ai vu nettement.

– Et ma sœur?

Du revers de la main, il lui effleura la joue.

– Désolé, je ne l'ai pas vue. D'après l'ombre, derrière les rideaux, j'ai deviné une femme. Comme ils sont censés avoir pris le bateau ensemble, ce doit être elle.

— Que vas-tu faire, maintenant? Appeler la police d'Alexandrie?

— Pas encore.

Tandis qu'il se levait pour remettre des bûches dans le feu, elle se pencha en avant.

— Comment cela, pas encore? Je croyais que tu voulais le retrouver pour le remettre à la police.

— Je n'ai pas dit que je le remettrai à la police. Tray était d'accord pour m'aider à le localiser. De plus, si on l'arrêtait, ta sœur le serait en même temps.

La flamme vacillante des bougies et la lumière dorée du feu lui éclairaient le visage. Cependant, son expression était indéchiffrable quand elle le regarda.

— Je crois, dit-elle lentement, que tu devrais changer de surnom. Un vrai corsaire ne s'inquièterait pas d'une femme qu'il ne connaît pas.

— Ce n'est pas ta sœur qui m'intéresse, fit-il en l'attirant vers lui pour qu'elle s'appuie contre sa poitrine. Ne t'en fais pas pour Laura. Je la ferai sortir du pavillon avant d'en découdre avec Nichols.

Ses mains glissèrent sur elle et il la fit s'étendre à côté de lui pour l'étreindre. Leurs bouches se trouvèrent.

La tempête qui rageait à l'extérieur fut oubliée tandis que la passion les entraînait dans un torrent de sensualité. Chaque caresse les rapprochait de l'extase qu'ils trouveraient l'un dans l'autre.

Elle sentit qu'il se retenait pour retarder le

moment où ils se rejoindraient. Ce n'était pas ce qu'elle voulait. Pas ce soir. Avec un désespoir né de l'angoisse de leur prochaine séparation, elle s'accrocha fiévreusement à lui. Submergée d'un désir primitif, elle se cambra contre lui.

A sa grande satisfaction, sous cet assaut passionné, il gémit et perdit tout contrôle de lui-même.

Leurs vêtements s'envolèrent. Son cri fut rauque quand il la souleva pour l'amener sur lui et la pénétrer.

Leurs corps s'accordèrent en un rythme parfait. La réalité s'éclipsa et sans réfléchir, Marjory dit ce qu'elle avait dans le cœur :

– Je t'aime.

Impossible de rattraper ces mots. Elle le sentit confusément trembler contre elle et eut conscience qu'il ne répondait rien.

Les derniers et minces fils qui les reliaient à la raison se rompirent, les projetant vers la suprême satisfaction qui les attendait.

Bizarrement, malgré les ondes de plaisir qui résonnaient encore en elle, elle eut envie de pleurer.

Le lendemain matin, Paul se montra distant, ce qui parut incompréhensible à Marjory, après les moments d'intimité qu'ils avaient vécus au cours de la nuit. Deux fois encore, ils s'étaient rejoints. Sans retenue, elle s'était plongée dans le vide passionné des sensations physiques. Elle n'avait pas répété ses mots d'amour ni fait d'autre déclaration, que de murmurer son nom.

« Sa morosité vient peut-être du manque de sommeil, songea-t-elle, ou du manque de café. »

En tout cas cela ne pouvait pas être attribué au temps : le soleil se levait à l'horizon et le ciel était clair.

Tout en se brossant les cheveux dans la salle de bains après sa toilette, elle décida de lui demander carrément ce qui n'allait pas. Il était compréhensible qu'il fût préoccupé par Nichols. Mais il fallait qu'elle sache si c'était bien cela et non pas ses mots d'amour qui l'affectaient ainsi.

Dans le miroir, elle rencontra le reflet de son regard peiné. Les trois petits mots qu'elle avait prononcés étaient peut-être cause de son recul. Peut-être ne voulait-il pas entendre parler d'amour. Ni même qu'elle en éprouve.

Déterminée, elle se redressa. Elle ne reprendrait pas ses paroles mais les lui ferait regarder en face.

Lorsqu'elle sortit de la salle de bains, il était parti.

Sa voiture était toujours là. Cela signifiait qu'il était sorti se promener sur la plage ou jusqu'au pavillon pour affronter Nichols et sa sœur. Puisqu'il n'y avait rien d'autre à faire, elle attendrait. Une fois de plus.

Faisant glisser la baie vitrée, elle sortit sur la terrasse. Plusieurs bateaux se balançaient sur l'eau et quelques baigneurs marchaient sur le sable.

C'était le calme après la tempête. Sauf à l'intérieur de Marjory.

Cette fois, elle ne fixa pas de limite à l'absence de Paul. Elle ne pouvait rien faire, qu'attendre.

Cela faisait une demi-heure qu'elle était assise sur la terrasse, lorsqu'elle vit une femme courir sur la plage. Au lieu d'un maillot de bain, elle portait une chemise de nuit.

En la reconnaissant, Marjory prit ses béquilles pour se lever.

Des larmes coulaient sur le visage de Laura lorsqu'elle leva les yeux vers sa sœur.

— Marjory, fais quelque chose. Cet homme va tuer Dan!

9

TOUT en montant l'escalier qui menait à la terrasse, Laura répéta hystériquement la même phrase et se jeta sur la chaise longue.

Assise à côté, Marjory attendit que sa sœur arrête de pleurer. D'expérience, elle savait que cela ne servirait à rien de lui parler : Laura se servait souvent des larmes pour ne pas avoir à regarder en face les conséquences de ses actes.

L'aspect physique des deux sœurs était aussi différent que leurs personnalités. Blonde et délicate, Laura n'avait pour ambition que d'être jolie et de bien s'amuser.

Enfin, elle prit une profonde inspiration et s'assit.

— Fais quelque chose, Marjory. Un homme est entré dans la maison en faisant toutes sortes d'accusations horribles. Il a dit que Dan était un voleur et qu'il lui ferait payer ce qu'il avait fait.Il a ajouté que la police de Virginie le recherchait. Puis il m'a ordonné de venir ici en expliquant que tu étais là. Que se passe-t-il ?

– C'est vrai. Dan Nichols a volé de l'argent à Paul Rouchet.

– Dan ne ferait pas cela!

– Si Laura, fit Marjory en hochant la tête. Dire que ce n'est pas vrai ne change rien à la réalité.

– Cet homme se trompe. Dan n'a pas d'argent. D'ailleurs, je t'en ai emprunté pour que nous puissions partir, ajouta-t-elle, les joues empourprées.

– Laura, coupa Marjory à cours de patience, tu ne m'as pas emprunté d'argent. Tu l'as pris. Sans ma permission.

– Je t'ai dit que je te rembourserai.

– Tu as pris toutes mes économies, sans te demander si je pouvais en avoir besoin. Ce n'est pas comme quand tu m'empruntais mon pull préféré lorsque nous étions enfants. Ce que tu m'as pris était destiné à payer mon loyer et à me faire vivre jusqu'à ce que je reprenne le travail. C'est aussi mal que ce qu'a fait Nichols.

– Je ne me suis pas rendu compte que tu en avais besoin, sinon je ne l'aurais pas pris, déclara Laura, l'air honteux.

– Oh si, soupira sa sœur. Paul Rouchet a porté plainte contre Nichols à la police. J'aurais peut-être dû faire la même chose.

– Marjory! Je suis ta sœur!

– Cela te donne-t-il le droit de me voler quelque chose? Est-ce qu'il reste de l'argent, Laura?

– Je ne sais pas, je l'ai donné à Dan, marmonna-t-elle en tripotant sa chemise de nuit transparente.

Marjory dit mentalement adieu à ses économies et prit ses béquilles pour se lever.

– Entre. Je vais te donner les vêtements que je portais hier. Au moins tu seras vêtue décemment.

Sans discuter, elle suivit sa sœur à l'intérieur.

– La police va-t-elle venir ici?

– Je ne sais pas ce qu'envisage Paul. Je crois qu'il préférerait remettre Dan à la police de Virginie.

– C'est horrible, sanglota Laura.

– Enfreindre la loi est horrible.

– Non, je parle de la façon dont cet homme est entré à la maison, ce matin. Il ne va pas faire de mal à Dan, hein?

– C'est une possibilité.

Une heure plus tard, Paul revint à la villa. Il n'était pas seul. Marjory ne s'attendait pas du tout à ce qu'un comptable ressemble à cela. Il avait l'air le plus engageant du monde. Mis à part ses mains attachées dans le dos.

Excepté l'éclat hystérique de Laura, il n'y eut pas d'autre scène. Marjory ne s'étonna pas que Paul eût le contrôle de tout. Après avoir arrangé sa vie, celle de M. Bowers, de son chien, d'une équipe de nettoyage et dirigé son club, un voleur n'était qu'une mince affaire.

Ce qui s'était passé entre les deux hommes ne fut pas abordé. Outre l'annonce de leur départ immédiat pour Alexandrie, Paul dit peu de chose.

Ce fut un étrange trajet. Pour une fois, Laura, assise à l'arrière à côté de Marjory, resta silencieuse. Sur le siège avant, Nichols protesta à cause de ses mains liées, mais un regard glacial de Paul le réduisit au silence.

Marjory se doutait de ce qui se passait dans l'esprit des deux complices. Ils s'inquiétaient des conséquences de leurs actes. Mais elle savait aussi ce à quoi elle pensait : que se passerait-il entre elle et Paul maintenant qu'ils avaient retrouvé le comptable et sa sœur.

Quant à ce que pensait Paul... Mystère.

Une fois à l'hôtel, Paul se gara devant l'entrée principale. Après avoir aidé Marjory à s'extirper du véhicule, il sortit la valise du coffre et la tendit à Ralph en lui recommandant de veiller sur la jeune femme.

Laura ouvrit la portière mais Paul lui ordonna de rester où elle était. Avant qu'il remonte en voiture, Marjory le prit par le bras.

— Attends. Où vas-tu ?

— Je n'ai pas le temps de t'expliquer. Va avec Ralph.

« Incroyable ! songea-t-elle. Il me laisse là pour partir avec Laura et Nichols. Où vont-ils ? Pourquoi sans moi ? »

La colère monta en elle. Il était temps qu'elle se remette à diriger sa vie.

Elle entra dans l'hôtel mais ne monta pas chez Paul. Tulip n'était pas à son bureau, mais Baxter, si, et il sut répondre à sa première question.

— Votre appartement a été entièrement nettoyé, mademoiselle Claryon. L'odeur devrait se dissiper d'ici à quelques jours.

Pas la peine de demander qui allait payer. Ses dettes augmentaient.

— Quand pourrai-je rentrer chez moi ?

– Quand vous voudrez. J'ai ramené M. Bowers hier pour qu'il commence à nettoyer ses trains.

– Je vais rentrer aussi, Baxter. Donnez-moi l'adresse de Tulip pour que je récupère mon chien.

– Corsaire n'a rien dit à ce sujet, répondit-il, sourcils froncés.

– Il avait autre chose en tête. Cela m'ennuie de vous ennuyer mais je ne peux pas conduire avec mon plâtre. Pourriez-vous me faire emmener en voiture chez Tulip puis chez moi?

L'air gêné, il hésita.

– Je ne sais pas. Il faudrait que j'en réfère à Corsaire. Il a peut-être d'autres projets.

– Alors je vais appeler un taxi.

Contre toute attente, Baxter revint sur sa décision.

Une heure plus tard, Marjory était chez elle. L'équipe de nettoyage avait fait des miracles en peu de temps. Les murs et les plinthes avaient été nettoyés et repeints. Les appareils ménagers étincelaient dans la cuisine, comme les accessoires de salle de bains. Ses vêtements avaient dû être lavés aussi car ils sentaient bon le propre. Seule une vague odeur de fumée flottait encore dans l'air, comme un mauvais encens, et elle pouvait vivre avec.

S'asseyant sur une chaise, elle prit le téléphone pour composer un numéro. Pour changer, elle quittait le siège arrière pour prendre la place du conducteur.

Il fallut à Paul une journée et la moitié de la nuit pour s'entendre avec la police. Les policiers admettaient mal qu'il ne porte pas plainte contre Nichols. Nichols leur indiqua les numéros des trois comptes sur lesquels il avait déposé l'argent et jura qu'il n'y avait pas touché. Assuré de récupérer son bien, Paul décida alors qu'il ne gagnerait rien à le faire arrêter.

En entrant dans l'hôtel, il eut l'impression qu'un poids énorme venait de quitter ses épaules. Maintenant que cette histoire avec Nichols était finie, il pouvait se concentrer sur quelque chose de plus important. Ses relations avec Marjory.

Ralph n'était plus de service et Tulip était aussi rentrée chez elle. De faibles cris de joie lui parvinrent du *Repaire du corsaire*. C'était le dernier endroit où il avait envie d'être, pour l'instant. Il voulait voir Marjory, lire le soulagement dans ses yeux lorsqu'il lui dirait qu'il avait réglé la situation avec Nichols et sa sœur.

Ce qu'il ne mentionnerait pas, c'était la conversation qu'il avait eue avec Laura. Elle lui avait appris combien elle avait dérobé pour financer le voyage, et qu'elle avait laissé Marjory complètement démunie.

Dans sa poche, il avait le montant exact pour le lui rendre. Il lui expliquerait qu'il avait récupéré cet argent de Laura. Ce serait un pieux mensonge, le seul, espérait-il.

En ouvrant la porte de l'appartement, il ne fut pas surpris de le trouver obscur. L'idée de Marjory, couchée dans son lit, l'avait fait se hâter vers l'hôtel.

Lentement, il entra dans la chambre pour s'approcher doucement du lit. Ses yeux s'accomodèrent à l'obscurité et il vit clairement qu'il était vide.

Quelques secondes durant, il resta les yeux fixés sur le couvre-lit puis s'y assit.

« Où diable peut-elle être? » se demanda-t-il, la peur au ventre.

Il n'avait pas imaginé que la soirée se terminerait ainsi.

Son air confus, en la quittant devant l'hôtel, lui revint à l'esprit. Pour la ménager, il n'avait pas pris le temps de lui expliquer ce qu'il allait faire.

Évidemment, elle s'était sentie exclue.

Saisissant le téléphone, il composa son numéro. Après trois sonneries, sa voix résonna, mais sur le répondeur.

— Bon sang, où peut-elle bien être à onze heures du soir? tonna-t-il.

Soudain, une idée surgit. Vivement, il composa le numéro du club. Baxter répondit.

— Marjory est là? aboya-t-il.

— Elle est rentrée chez elle, Corsaire, expliqua prudemment Baxter.

— Pourquoi? fit-il d'une voix dangereusement calme.

— Elle ne l'a pas dit. Après s'être renseignée sur l'état de son appartement, elle m'a demandé de la raccompagner pour prendre son chien et rentrer chez elle.

— Êtes-vous sûr qu'elle y soit allée? Elle ne répond pas au téléphone.

– Je l'y ai conduite moi-même. Tulip n'étant pas là, elle n'a pas pu récupérer le chien. Je l'ai aidée à monter l'escalier et pour autant que je sache, elle est toujours là-bas.

– Bien. Merci, Baxter.

– Corsaire, hésita-t-il, j'espère que j'ai bien fait. Je lui avais conseillé de vous attendre, mais elle est restée inflexible.

– Vous avez bien fait. Merci de l'avoir raccompagnée vous-même. Elle aurait trouvé un moyen d'y aller par ses propres moyens, si vous ne vous en étiez pas occupé.

– Elle a menacé de prendre un taxi. Elle semblait complètement déterminée.

« C'est évident, songea Paul après avoir raccroché. Mais déterminée à quoi ? Et pourquoi maintenant ? »

Il se laissa tomber sur le lit et fixa le plafond. Si elle était déterminée à le faire sortir de sa vie, elle allait avoir une grosse surprise.

Une nouvelle fois, il essaya de téléphoner, mais sans succès.

D'un bond, il sauta du lit et commença à se déshabiller. Une douche rapide, des habits propres et il partit chez elle. Si elle n'y était pas, il saurait bien la trouver !

Cette fois, arrivé en haut des marches, il n'enfonça pas la porte. Ayant frappé normalement, il attendit puis recommença, un peu plus fort. Comme elle n'ouvrait toujours pas, il tambourina.

— Marjory, je sais que tu es là. Je vois de la lumière sous ta porte.

Un son assourdi lui parvint, sans qu'il pût comprendre ce qu'elle disait.

— Je ne t'entends pas. Ouvre!

— Ce n'est pas fermé, cria-t-elle.

Entendre sa voix signifiait qu'elle allait bien. La peur qui lui nouait le ventre commença à se dissiper.

D'un coup sec, il ouvrit. Comme la première fois, elle était assise sur une chaise, le pied sur un tabouret. Non, pas comme la première fois. Sa jambe n'était plus plâtrée.

— Je croyais qu'on ne devait te l'enlever que la semaine prochaine, commenta-t-il, le dos contre la porte.

— Non.

Lentement, il avança pour s'arrêter à quelques centimètres d'elle. Sa jambe semblait bizarre, sans le plâtre. Même entourée d'un bandage élastique, sa cheville semblait fine et bien proportionnée.

— Qu'est-ce qui t'a décidée à le faire ôter maintenant?

— Ma cheville me semblait prête.

Elle aurait pu ajouter que le médecin de l'hôpital avait bien essayé de l'en dissuader. Pour être exact, il lui avait même dit qu'elle était folle. Ce n'est qu'après avoir vu la radio, qui montrait que la fracture était guérie, qu'il avait accepté. Encore avait-elle dû s'aider des béquilles pour monter l'escalier, après qu'une infirmière l'eut raccompagnée devant chez elle.

– Pourquoi cette précipitation? Avais-tu hâte de te débarrasser du logo du corsaire que j'y avais dessiné?

Sans répondre à sa question, elle en posa une autre :

– Que s'est-il passé avec Nichols et Laura?

– Nichols et moi avons conclu un marché, expliqua-t-il en s'asseyant. Qu'il me rende l'argent, et il n'irait pas en prison.

– Tu t'es montré généreux. J'avais l'impression que tu voulais sa tête sur un plateau.

– J'ai découvert qu'il y avait des choses plus importantes que l'esprit de revanche. Je récupère l'argent et Nichols garde sa liberté. Il n'a pas de travail et je ne lui donnerai pas de références pour en chercher un autre.

– Et Laura?

– Es-tu sûre qu'elle soit ta sœur? Je n'ai jamais vu deux femmes aussi différentes. En découvrant que Nichols était un voleur, elle l'a laissé tomber.

Fouillant dans sa poche, il en sortit un paquet de billets qu'il lui déposa sur les genoux.

– Voilà ce que t'avais pris ta sœur.

– Je n'en reviens pas. Elle m'avait dit qu'elle l'avait donné à Nichols et j'étais sûre qu'il avait tout dépensé, dit-elle en posant la liasse sur une table à côté d'elle.

Une semaine plus tôt, récupérer cette somme était pour elle la chose la plus importante. Aujourd'hui, cela ne venait qu'en seconde position après ce qu'elle avait à faire.

Son air préoccupé surprit Paul. Il s'était

attendu à ce qu'elle se montre contente de récupérer ses économies.

– Que se passe-t-il, Marjory? Pourquoi es-tu rentrée chez toi au lieu de m'attendre à l'hôtel?

Elle eut du mal à soutenir son regard ardent.

– En tant qu'infirmière, j'ai eu l'occasion d'observer la réaction des patients lorsqu'ils découvrent qu'ils sont atteints d'une maladie incurable. Certains veulent en finir tout de suite. D'autres ne veulent pas regarder la vérité en face. D'autres encore décident de vivre à fond chaque heure de chaque jour. Quelle que soit leur attitude, le fait de savoir qu'ils ont une maladie incurable affecte leur vie, les oblige à faire des mises au point, majeures ou mineures.

– Marjory, tu es malade? s'exclama-t-il. On a trouvé quelque chose à la radio?

– Ce n'est pas physique.

– Marjory, tu m'effraies. De quoi parles-tu?

Sur une profonde inspiration, elle le regarda directement.

– Je t'aime et je veux t'épouser.

Ébahi, il la fixa. Non seulement, il avait du mal à réfléchir, mais aussi à respirer. Quand son esprit se remit à fonctionner, il voulut se lever mais elle l'arrêta.

– Attends. Je n'ai pas fini.

Sans la quitter des yeux, il se rassit.

– Le temps que nous avons passé ensemble était dû à des circonstances inhabituelles. Nettoyer l'appartement, dormir dans ton lit, m'acheter des vêtements, aller en Caroline du Nord. Tu

138

as tout dirigé et je t'ai laissé faire, mais c'est fini. Maintenant que tu as retrouvé Nichols, notre raison d'être ensemble n'existe plus. .

– La raison d'origine n'existe peut-être plus, mais nous continuerons de nous voir.

– Comme quoi?

Sautant sur ses pieds, il se mit à marcher de long en large.

– Que veux-tu dire? Marjory, cela n'a pas de sens. Une minute tu me dis que tu m'aimes et la minute suivante... Bon sang! Je ne sais pas ce que tu essaies de me dire.

« Il ne peut même pas prononcer le mot mariage » songea-t-elle tristement.

– Si nous continuons de nous voir, reprit-elle, s'efforçant de lui faire comprendre son raisonnement, ce sera sous des règles de conduite différentes. Je me suis donnée à toi et je voudrais que ce soit de façon permanente. Si tu ne peux pas l'accepter, alors, arrêtons de nous voir.

Si une bombe avait explosé dans la pièce, il n'aurait pas eu l'air plus choqué.

– Je n'aime pas les ultimatums, Marjory.

– Je n'aime pas non plus en lancer.

– Tu es sérieuse?

Incapable de parler, elle hocha la tête. Tant de choses dépendaient de sa réponse, et elle avait le sentiment qu'il ne dirait pas ce qu'elle voulait entendre.

Comme pour fuir un piège prêt à se refermer sur lui, il recula.

– J'ai été honnête avec toi, Marjory. Je ne veux pas me marier.

– Très bien. Je voulais connaître ta position, maintenant, je la connais. Je crois que tu devrais partir. Je commence ma rééducation de bonne heure demain matin et je voudrais me coucher.

Le piège s'était refermé, mais il n'avait pas été capturé. On l'en avait chassé.

– Es-tu sûre que c'est ce que tu veux? demanda-t-il en allant vers la porte.

– Oui, répondit-elle, le cœur en lambeaux.

Sur un dernier regard, il la quitta.

Les yeux fixés sur la porte fermée, elle croisa étroitement les bras comme pour contenir sa douleur. Quand elle avait décidé de l'affronter, elle savait qu'elle avait cinquante pour cent de chances.

Une larme glissa sur sa joue. Elle s'était attendue à cela mais n'y était pas prête. Elle ne savait pas non plus que cela lui ferait si mal.

A onze heures, le lendemain matin, Marjory revint de l'hôpital. Sa cheville l'élançait douloureusement, après deux heures de rééducation. Le thérapeute lui avait bien dit qu'elle allait trop vite, que le plâtre venait juste d'être enlevé, mais pour elle il était vital de pouvoir tenir sur ses deux pieds, au sens propre comme au sens figuré.

Incapable de se passer de support, vu la faiblesse de sa cheville, elle avait troqué les béquilles contre une canne. Le chauffeur de taxi l'aida à descendre de voiture et elle avança en boîtant sur le trottoir.

Ce fut la première chose que remarqua Paul en la voyant.

En l'apercevant, assis sur les marches devant chez elle, elle s'arrêta brusquement. Son cœur cessa de battre un instant avant de repartir laborieusement.

— Que fais-tu là, Paul?

— Ça me paraît évident. Je t'attends.

Sa voix semblait aussi lasse que son air. Sa chemise était légèrement froissée, comme s'il avait dormi avec.

— Hier soir, je t'ai dit que j'avais une séance de rééducation.

Son regard alla de son visage à sa canne puis à son pied.

— Veux-tu que je t'aide à monter l'escalier?

Paniquée, elle secoua la tête. Rien qu'à le regarder, elle avait du mal à garder la maîtrise d'elle-même. Elle ne supporterait pas d'être dans ses bras.

Comme elle faisait un pas en avant, il se leva pour lui barrer le chemin.

— Veux-tu me faire entrer?

— Pour quoi faire, Paul? Je n'ai pas changé d'avis depuis hier.

— Moi, si.

Ses yeux s'écarquillèrent. Un espoir s'éleva en elle, vivement entaché de bon sens. S'il lui proposait le mariage, cela n'avait pas l'air de l'enchanter.

— Que veux-tu dire, exactement?

— Je veux que tu vives avec moi.

L'espoir vacilla, s'évanouit. Vivre ensemble n'était pas l'engagement qu'elle voulait.

— Ça ne marcherait pas. Je veux plus qu'une relation provisoire. Cela va contre tout ce à quoi je crois. D'un certain côté, je suis une femme des années quatre-vingt-dix, mais d'un autre j'en suis encore aux années cinquante, lorsque des choses bêtes comme la fidélité et l'engagement étaient la norme plutôt que l'exception.

— Je m'engagerai envers toi de toutes les façons, sauf légalement. N'est-ce pas suffisant?

Le petit mot fut difficile à prononcer.

— Non.

Son poing s'abattit sur la rampe.

— Mais que veux-tu de moi? Je suis prêt à tout te donner : une place à mes côtés, dans mon lit, dans ma vie, avec pour seule limite, la durée de la vie. Si tu n'aimes pas l'idée d'habiter à l'hôtel, nous trouverons autre chose.

« Il n'a toujours pas compris, se dit-elle. Je vivrais avec lui dans une hutte. Il est peut-être contre le mariage, mais c'est le seul engagement qui justifierait notre relation. »

— Nous ne voulons pas les mêmes choses, dit-elle d'une voix tremblante. Restons-en là.

— Tiens ta canne!

D'un rapide mouvement, il la prit dans ses bras pour monter l'escalier. Après l'avoir reposée, il la tint contre lui et baissa la tête pour un baiser mêlé de passion, de désir et de désespoir.

— Je ne te perdrai pas, Marjory, souffla-t-il contre ses lèvres. Il y a plus entre nous qu'entre la plupart des gens. Un bout de papier n'y changera rien.

Ses doigts la serrèrent, presque à lui faire mal. De nouveau il lui couvrit la bouche pour la relâcher brusquement, puis il dévala les marches.

— Tu sais où me trouver si tu changes d'avis, lui lança-t-il d'en bas.

Engourdie par la souffrance, elle le regarda disparaître. Chez elle, elle se laissa tomber sur une chaise. Ivan vint vers elle. La tête enfouie dans sa fourrure, elle laissa libre cours à ses larmes.

10

PAUL était assis à son bureau dans la pénombre. Au club, la musique jouait fort, toutes les tables étaient occupées et la caisse enregistreuse sonnait constamment. Des amoureux se regardaient dans le blanc des yeux et des couples étroitement enlacés dansaient. Tout le monde appréciait sa soirée au *Repaire du corsaire*. L'argent était revenu sur son compte, là où il devait être.

Il aurait dû être heureux. Il ne l'était pas.

Le goulot de la bouteille de scotch résonna contre le verre en cristal lorsqu'il se servit.

— Je croyais que vous détestiez le goût de l'alcool.

« J'aurais dû fermer la porte », jura-t-il intérieurement

— Vous avez oublié de frapper, Tulip, dit-il.

Elle actionna l'interrupteur et la lumière jaillit. La clarté soudaine le fit ciller puis froncer les sourcils. Peu impressionnée, Tulip avança vers lui.

— Et vous avez oublié que vous avez promis

aux Waring de vous joindre à eux pour leur anniversaire de mariage.

— Remplacez-moi. Je ne suis pas d'humeur à porter un toast à l'amour véritable.

— Je vous remplace depuis deux semaines, Corsaire. Il faut arrêter. Ou bien vous vendez le club ou bien vous allez la chercher.

— Ça suffit, Tulip, fit-il en reposant bruyamment son verre. Sortez.

— Non. Tout le monde marche sur la pointe des pieds autour de vous et j'en ai assez d'inventer des excuses pour votre absence au club. Faites quelque chose au sujet de Marjory ou oubliez-la.

« Oublier Marjory, songea-t-il. C'est comme si j'oubliais de respirer ».

Pourtant, il avait essayé. Dieu sait qu'il avait essayé.

— J'ai besoin du club. Pour payer les factures.

L'expression de Tulip s'adoucit. Contournant le bureau, elle lui posa la main sur l'épaule.

— Corsaire, vous avez besoin d'elle aussi. Pourquoi n'allez-vous pas au moins lui parler? Le problème qui vous sépare peut certainement être résolu, à condition d'aller la voir pour en discuter avec elle.

— Ce n'est pas aussi simple. Elle n'est pas satisfaite de la façon dont nous vivions. Moi si. Elle veut quelque chose de permanent.

— Ce n'est pas une demande extraordinaire. Bien sûr, certaines femmes n'hésitent pas à être l'aventure d'un jour...

L'éclat de colère de ses yeux la fit sourire. Ses flèches avaient atteint leur but.

– Ce n'était pas ça avec Marjory et vous le savez bien.

– Je le sais. Je voulais juste voir si vous le saviez aussi. Corsaire, Marjory n'a pas l'étoffe d'une maîtresse.

– Et je n'ai pas l'étoffe d'un mari. J'ai déjà essayé deux fois.

– Comme vous voudrez. Je constate que vous êtes heureux comme ça. Si cela peut vous consoler, Marjory ne sautait pas vraiment de joie en venant chercher Ivan.

– Ce n'est pas une consolation.

Il ne voulait pas qu'elle soit malheureuse. C'était d'ailleurs une des raisons pour lesquelles il ne voulait pas la lier à lui par le mariage.

Après le départ de Tulip, il renversa la tête sur le dossier et ferma les yeux. Il n'avait pas besoin qu'elle lui rappelle sa folie. Il en avait déjà suffisamment conscience. Tout dans l'appartement lui rappelait Marjory. Il ne pouvait pas se doucher sans penser à l'eau sur sa peau. Dormir dans le lit où ils s'étaient aimés était une véritable torture. De même, prendre ses repas dans la salle à manger. Elle était partout, bien qu'elle ne fût pas là.

Au studio, c'était la même chose. Elle y était aussi.

Et elle était profondément enchâssée dans son cœur.

Soudain, il se leva pour sortir précipitamment de la pièce, comme si quelque chose l'en expulsait. Mais il ne pouvait pas se fuir lui-même.

146

Bien qu'elle n'en tînt pas compte, la cheville de Marjory la faisait souffrir. Elle sourit à l'enfant auquel on posait des agrafes dans le bras.

– Tout va bien, Tommy, dit-elle doucement en lui essuyant ses larmes. Quand ce sera fini, nous compterons les agrafes pour que tu puisses raconter à tes amis combien tu en as dans le bras.

– Travis en a eu huit à la tête l'été dernier.

– Tu vas en avoir beaucoup plus que Travis, dit-elle en souriant.

Coupant un morceau de pansement adhésif, elle le décora avec des feutres de différentes couleurs et le colla sur sa chemise.

– Tu lui montreras aussi la médaille que tu as reçue pour ton courage.

Le Dr. Blackstone acheva son travail.

– Dès que Mlle Claryon aura bandé ta coupure, tu pourras rentrer chez toi. Mais dorénavant, ne touche plus au verre brisé.

Tommy hocha la tête et regarda Marjory panser sa plaie, puis elle le remit à sa mère. Comme elle s'écartait pour laisser passer un patient en fauteuil roulant, sa cheville se déroba et elle dut s'appuyer au mur pour retrouver son équilibre. Malheureusement, on l'avait vue.

– Appuyez-vous sur moi, dit le Dr. O'Neil en lui passant le bras autour de la taille.

– Ça va. Donnez-moi seulement une minute.

– Vous allez prendre plus d'une minute. Vous allez rentrer chez vous après avoir mis de la glace sur cette cheville.

– Je ne peux pas rentrer. J'ai encore deux heures à assurer.

– Qu'essayez-vous de faire, Marjory? De démolir mon bon travail? demanda-t-il en la faisant asseoir.

Son regard vif remarqua sous ses yeux des cernes que le maquillage n'avait pu dissimuler.

– Ou de vous épuiser à la tâche pour une raison quelconque? ajouta-t-il.

– Demain, je serai en congé pour deux jours. Je vous promets de reposer ma cheville.

Il secoua la tête.

– Vous prendrez toute la semaine. Et pas besoin de me regarder d'un air furieux, Marjory. Votre cheville est plus enflée qu'elle ne devrait l'être et vous le savez. Ou bien vous obéissez volontairement ou bien je vous y oblige!

Son ton était sérieux. Les infirmières l'entendaient rarement parler ainsi.

– D'accord, fit-elle. Je prendrai une semaine, mais sans solde et contre mon gré.

– Depuis combien de temps nous connaissons-nous, Marjory? Un an? Un an et demi?

– Un peu plus d'un an. Pourquoi?

– Je me souviens d'une nuit calme, l'hiver dernier, ou vous avez écouté ma triste histoire de rupture avec Rachel. Vous ne m'avez pas donné de conseil ni fait de sermon. Vous avez écouté. Je serai heureux de faire la même chose quand vous aurez envie de parler de cet homme.

– Quel homme?

– Celui à cause duquel vous avez recommencer à travailler avant la fin de votre arrêt, et à travailler deux fois plus pour ne pas avoir le temps de penser à lui.

« Suis-je donc aussi transparente ? » se demanda-t-elle.

— Ça n'a pas marché. Il est parti de son côté et moi du mien.

— Est-il plus heureux que vous ?

— Je suppose qu'il survit, fit-elle avec un haussement d'épaules. Les corsaires retombent toujours sur leurs pieds.

L'infirmière qui apportait de la glace pour la cheville de Marjory demanda aussi au Dr. O'Neil de venir examiner un patient qui venait d'arriver. En tendant la poche de glace à Marjory, elle ajouta :

— La femme qui l'accompagnait a demandé après toi, Marjory. Elle voulait savoir si tu étais de garde. Elle portait un nom inhabituel : Tulip.

La poche de glace tomba quand la jeune femme se redressa brutalement.

— Tu as dit Tulip ? Qui a-t-elle amené ?

— Un homme superbe, appelé Corsaire.

— Que lui est-il arrivé ?

— Il s'est cassé la cheville.

Apprenant que Paul passait une radio, Marjory se rendit à la salle d'attente pour parler à Tulip. Celle-ci feuilletait un magazine et sourit en la voyant.

— Bonjour. Quel plaisir de vous revoir !

— Qu'est-il arrivé à Paul ? demanda-t-elle en s'asseyant à côté d'elle.

— La lumière de l'escalier qui mène au studio ne fonctionnait pas et il a trébuché. Il n'a dévalé

149

que quelques marches, mais il s'est fait quelque chose à la cheville.

– Quand est-ce arrivé?

– Pendant la nuit.

Elle jeta sur Marjory un étrange coup d'œil.

– Il ne dort pas trop bien et passe beaucoup de temps au studio. Heureusement, j'étais inquiète et j'ai décidé de lui apporter quelque chose à manger. Au premier abord, j'ai cru qu'il était tombé parce qu'il avait bu, mais...

– Paul ne boit pas.

– Si, depuis quelque temps, répondit-elle en posant la main sur celle de Marjory. Vous lui manquez.

– Il sait où me trouver.

– L'orgueil peut être un puissant élément dissuasif, surtout pour un homme. Il a besoin de vous, Marjory.

– Pas suffisamment, Tulip. Il ne veut pas se marier, et je ne veux rien de moins. Cela ne laisse pas beaucoup de place à la négociation.

– Et les compromis? Je crois que l'on peut arriver à quelque chose quand les deux personnes s'aiment.

– Je ne connais pas les sentiments de Paul.

– Pourquoi ne pas les lui demander?

« Comme tout paraît simple, avec elle » rêva Marjory.

– Je vais aller voir comment ça se passe, fit-elle.

Elle le trouva assis sur la table de soins. On lui posait un plâtre sur la cheville gauche. La jambe du jean avait été coupée au-dessus du genou, pour qu'il puisse le retirer par-dessus son plâtre. Lorsqu'elle entra dans la salle, elle lut un choc dans son regard. Et aussi une souffrance.

Assis sur un tabouret, le Dr O'Neil rédigeait un rapport.

— Claryon, je vous ai dit de ne pas rester sur ce pied! lança-t-il en la voyant.

— Je connais ce patient. Comment est la fracture?

« Fracture compliquée » lut-elle par-dessus l'épaule du médecin.

— D'après tout ce que j'ai pu apprendre dans mes livres de médecine, un os cassé n'est pas contagieux, ironisa-t-il en les regardant s'observer de loin.

Elle alla vers Paul et posa la main sur sa cuisse.

— Que s'est-il passé?

— Enlève ta main, yeux verts, murmura-t-il. Mon pied me fait terriblement mal. Je n'ai pas besoin d'une autre douleur.

Le Dr O'Neil s'étrangla puis se mit à tousser. Quand il put parler, il se tourna vers l'infirmier qui avait fini de poser le plâtre et se lavait les mains.

— Je crois qu'on ferait bien de laisser Claryon s'occuper de lui, Charley. Il sera en de bonnes mains.

En passant devant Marjory, il lui tendit une ordonnance.

— C'est pour la douleur. Informez-le du reste. J'ai laissé une feuille sur le bureau.

– Va-t-il rester là cette nuit?

– Je le lui ai suggéré. Il a refusé, dit le médecin.

– Je ne resterai pas à l'hôpital, grinça Paul.

– Heureusement que nous ne sommes pas sensibles, ironisa le praticien. Personne ne veut jamais rester ici.

Redevenant sérieux, il ajouta :

– Il faudrait que quelqu'un reste avec lui quelques jours, jusqu'à ce qu'il soit habitué aux béquilles. Peut-être vous écoutera-t-il, puisque vous êtes passée par là.

– Oui, docteur, répondit-elle automatiquement, le regard fixé sur Paul.

– Et essayez de vous reposer pendant votre congé, ajouta-t-il. Nous avons besoin de vous pour vous occuper des patients. Pas pour en devenir un.

– Oui, docteur, répéta-t-elle, d'une voix faible.

Lorsque la porte se fut refermée sur lui, elle commença à lire les instructions sur un ton professionnel.

Affamé, Paul la dévorait des yeux. Dans son uniforme blanc, elle lui paraissait plus mince et des cernes sombres lui soulignaient les yeux. Il adorait le son de sa voix, bien qu'il n'écoutât pas ce qu'elle disait.

Lorsqu'elle marqua une pause pour reprendre son souffle, il l'appela.

– Viens.

Laissant tomber la feuille, elle courut à lui.

– Que se passe-t-il? Tu as mal?

152

Il lui prit la main pour l'attirer plus près encore.

– Oui. J'ai mal depuis que je t'ai laissée, l'autre fois.

– Tu as choisi.

– Je sais. C'était un mauvais choix.

Il voulut se tourner, mais il avait oublié son plâtre. Grimaçant de douleur, il jura silencieusement.

– Ton plâtre n'est pas encore sec. Il faut que tu restes là encore un peu.

– Combien de temps?

– Dix minutes, environ. Puis tu pourras rentrer chez toi. Tu sais le docteur avait raison en disant qu'il faudrait que quelqu'un reste avec toi quelques jours. Tu vas avoir mal et il faudra t'habituer aux béquilles.

– Je crois que je pourrais avoir besoin d'une infirmière.

Elle se détourna. Elle ne pourrait pas en supporter beaucoup plus. Le voir, l'entendre, étaient trop douloureux. Être loin de lui aussi.

– Il me faudrait quelqu'un que je connais, poursuivit-il. J'ai entendu le docteur dire que tu prenais quelques jours. J'aimerais bien...

– Arrête, coupa-t-elle en lui faisant face. Je ne suis pas quelque chose que tu peux prendre et laisser selon ton humeur.

– Marjory...

– Je ne peux pas être ce que tu veux. Je t'aime. Cela signifie que je veux passer le restant de ma vie avec toi. Cela ne te permet pas de jouer avec mes sentiments. Tu me veux physiquement, mais pas sentimentalement. Bien. J'ai accepté. Et je le supporterai, mais pas si tu continues à jouer comme cela avec moi.

– Je ne joue pas.

– Si, quand tu me demandes d'être ton infirmière. Crois-tu que je puisse être avec toi, te toucher, entendre ta voix et ne pas être déchirée quand tu ne voudras plus de moi ni pour te soigner ni comme femme.

Son ton devenait presque hystérique et elle prit une profonde inspiration avant de poursuivre.

– Au fond de moi, je suis encore cette fille naïve du Nebraska qui croit à des choses aussi démodées que faire la cour, dire des promesses et des toujours. Toi, non!

Elle lui fourra l'ordonnance dans la main.

– Je ne suis pas à louer.

En sortant de la salle, elle l'entendit crier son prénom. C'était injuste de s'enfuir alors qu'il ne pouvait pas lui courir après, mais elle n'avait pas envie d'être juste.

Les fleurs commencèrent à arriver le lendemain. Ce furent d'abord douze roses blanches, livrées par une femme en smoking. La carte ne portait comme signature que le dessin d'un homme portant un bandana rouge et un bandeau sur l'œil. Le corsaire.

Une heure plus tard, un homme vêtu de vert lui remettait un bouquet de trèfles à quatre feuilles. Le corsaire apparaissait encore sur la carte.

L'après-midi, une femme en costume rose avec des oreilles de lapin et un pompon en guise de queue lui apportait une poignée de ballons. Marjory n'eut pas besoin de regarder la carte pour savoir d'où ils venaient.

Ce soir-là, assise dans le salon, elle regarda longuement les roses. L'espoir renaissait mais le téléphone resta silencieux.

Le jour suivant, en revenant de la promenade avec Ivan, elle fut accueillie à sa porte par une ménagerie d'animaux en peluche, qui tous portaient un bandeau noir sur l'œil. Il lui fallut quatre voyages pour emporter toute cette ménagerie chez elle.

Après livraison d'une somptueuse boîte de chocolats fins, Marjory composa le numéro privé de Paul mais ce fut le répondeur qu'elle entendit. Elle laissa son nom et lui demanda de la rappeler.

Le restant de la journée, elle attendit. Ivan n'eut droit qu'à une brève promenade, mais rien ne se passa. Le téléphone ne sonna pas et personne ne frappa plus à sa porte.

L'espoir commença à vaciller.

Le lendemain matin, alors qu'elle préparait le déjeuner, elle entendit un coup à la porte. D'un bond, elle y fut. Un homme costaud, un cigare planté dans la bouche, lui demanda si elle était bien Marjory Claryon.

— Oui.

— Tu peux monter, Harvey, dit-il avec un geste.

L'homme qui portait ce nom, bien que deux fois moins grand que l'autre, était chargé de paquets.

– Où est-ce que je les mets ?

– Je ne sais pas. Qu'est-ce que c'est ?

Le plus grand lut le papier qu'il tenait à la main :

– Un lecteur de disques compacts, deux baffles et un paquet de disques.

En un temps record, Harvey en effectua la mise en service, tandis que l'autre supervisait. Il mit un disque pour vérifier le bon fonctionnement et une musique romantique s'éleva. Après avoir signé le bon de livraison, on lui remit un manuel d'instructions et les deux hommes partirent.

Tandis que la musique emplissait la pièce, elle s'assit pour lire la carte épinglée sur le manuel :

– Faire la cour, c'est aussi inviter à danser. Étant donné les circonstances, je ne peux fournir que la musique.

De nouveau, elle composa le numéro de Paul. Elle allait laisser un message sur le répondeur lorsqu'on frappa.

En voyant un livreur sur le seuil, elle tendit simplement la main pour prendre la boîte qu'il apportait.

Une fois assise, elle développa le joli papier et en sortit une boîte à musique. Sur une base en céramique se tenaient enlacés un homme et une femme, en habits de soirée. En regardant de plus près, Marjory vit un mince bandage blanc autour du pied gauche de l'homme. Elle libéra le mécanisme et les danseurs commencèrent à valser.

Pour poser la boîte à musique, elle dut pousser les peluches. D'un coup d'œil, elle embrassa tous les cadeaux qu'elle avait reçus.

Ce n'était plus faire la cour. C'était un parfait assaut.

Une fois de plus, elle tomba sur son répondeur quand elle l'appela. Il ne se laissait pas joindre au téléphone, il ne venait pas, mais envoyait des cadeaux pour montrer qu'il pensait à elle. Ce pouvait être le début de nouveaux rapports entre eux.

Mais pas si elle ne pouvait pas lui parler.

Cette fois, elle composa le numéro du club. Quand Baxter répondit, elle demanda à parler à Tulip.

– Elle n'est pas là pour l'instant. Puis-je prendre un message?

– C'est Marjory Claryon. Quand sera-t-elle de retour?

Son ton se fit cordial.

– Je ne sais pas exactement, Marjory. Elle s'occupe du corsaire. Savez-vous qu'il s'est cassé la cheville?

– Oui. Est-il chez lui ou au studio?

– Chez lui.

– Merci, Baxter.

Après avoir raccroché, elle se hâta dans sa chambre pour se changer.

S'il ne pouvait pas venir à elle, elle irait à lui. C'était soit ça, soit déménager pour un appartement plus grand.

Ce fut Tulip qui ouvrit. En voyant Marjory, son visage s'illumina.

– Il était temps. Corsaire va peut-être arrêter de marcher de long en large, maintenant.

– Marcher de long en large? Avec une cheville cassée?

– C'était une figure de style.

– Il n'est pas un très bon patient?

– Pas vraiment! Maintenant que vous êtes là, je vais m'occuper de ce que je néglige depuis plusieurs jours. Il est dans sa chambre.

– Non. Je n'y suis pas.

Les deux femmes regardèrent en direction de la voix.

Appuyé sur ses béquilles, vêtu d'un jean découpé et d'une chemise ouverte, il était à l'autre extrémité du salon. Le plâtre blanc ressortait sur sa jambe hâlée.

Aucun d'eux ne remarqua que Tulip s'éclipsait.

– Tu te débrouilles mieux que moi au départ, commenta Marjory.

– Je me demandais si tu viendrais un jour, répondit-il, peu désireux de parler de sa blessure.

– Tu ne m'as pas rappelée. Je voulais te remercier pour les fleurs et tout le reste, dit-elle en avançant vers lui. Tu n'as pas pris connaissance du message?

Pour le seul plaisir d'entendre sa voix, il avait passé et repassé la bande.

– Je ne voulais pas te parler au téléphone. Je voulais que tu sois là en personne.

– Je suis là.

– Aimes-tu que je te fasse la cour? demanda-t-il avec un léger sourire.

– C'était donc cela?

– Les règles en sont un peu vagues, mais je crois que ça consiste à offrir des cadeaux à l'être aimé, des confiseries et à l'inviter à dîner et à danser.

158

— Quand j'ai parlé de faire la cour, ça ne signifiait pas que j'attendais cela de toi.

— Ce que tu attendais de moi était très clair. Et
tu pensais aussi que je ne le ferais pas. J'ai décidé
de te montrer que tu avais tort. Je ne peux pas
mettre un genou en terre, ajouta-t-il, les doigts
crispés sur ses béquilles.

Un pas de plus et elle le toucherait.

— Pourquoi voudrais-tu mettre un genou en
terre?

— Je crois que c'est la coutume pour demander
une femme en mariage.

— Tu ne veux pas te remarier.

Du bout de sa béquille, il la poussa gentiment.

— Asseyons-nous. Cela va peut-être prendre du
temps et je ne suis pas sûr de pouvoir rester sur
ces satanés trucs.

L'ayant aidé à s'installer sur le divan, elle posa
ses béquilles, amusée du renversement de situation.

Comme elle s'asseyait près de lui, il lui prit la
main.

— Excuse-moi d'avoir été aussi stupide, yeux
verts. Je nous en ai fait voir de toutes les couleurs
parce que je n'avais pas confiance en l'avenir.

— Ou en moi?

— Non. En ma propre capacité à te rendre heureuse. Rien n'a plus eu de sens depuis que je t'ai
quittée. Épouse-moi, yeux verts. J'ai besoin de toi
et je crois que tu as besoin de moi. Je n'ai plus
peur du mariage. Juste peur de devoir continuer
sans toi.

— Pourquoi? souffla-t-elle.

Regardant ses yeux, il y lut tout son amour. Mais il y vit aussi le doute. Elle n'était toujours pas sûre de lui.

— Je ne veux pas continuer sans toi, Marjory, parce que je t'aime. Et avant que tu ne me rétorques que j'ai déjà été amoureux avant, parce que je me suis marié deux fois, je te dirai que je n'ai jamais éprouvé avec aucune femme ce que je ressens maintenant. Tu es ma vie. Sous tous les aspects, ce sera mon premier mariage si tu acceptes d'être ma femme.

Les yeux de Marjory s'emplirent de larmes. La beauté de ses paroles et de sa voix lui coupaient le souffle mais lui donnaient la vie.

Elle ne put prononcer qu'un mot :

— Oui.

C'était son tour d'en demander plus. L'attirant sans effort sur ses genoux, il reprit doucement :

— Oui quoi?

— Oui, je veux vivre avec toi. Oui, je veux t'épouser.

Sa bouche affamée descendit sur la sienne et le reste du monde s'évanouit. Le corsaire venait de trouver son port.

Imprimé en France par FIRMIN-DIDOT
Dépôt légal : juillet 1991
N° d'impression : 17193